阅读之前 没有真相

午夜文库

鮎川哲也作品集

鲇川哲也 Tetsuya Ayukawa（1919–2002）

本名中川透。一九一九年出生于东京，童年在中国大连度过。一九五〇年，以长篇《佩特罗夫事件》参加《宝石》杂志的长篇小说百万元大奖赛，最终获得第二名。一九五五年，讲谈社运作的"新作侦探小说全集"计划登场，其第十三卷是面向社会征集新人的作品。一九五六年，鲇川哲也以《黑色皮箱》应征，击败众多高手，一举夺得了这"第十三把交椅"。一九六〇年鲇川哲也又凭借《憎恶的化石》和《黑色天鹅》拿下了日本侦探作家俱乐部奖，进一步奠定了其宗师级别的地位。他后期创作的《紫丁香庄园》，则被誉为"几乎完美的本格推理小说"。

鲇川哲也是与横沟正史、高木彬光齐名的推理文学大师。他创作的鬼贯警部系列和星影龙三系列，已经成为日本推理史上无法忽视的作品。他一生坚持创作最正统的本格作品，即便在社会派推理小说盛行的年代也不曾动摇。他的作品朴实而精巧，是经得起时间检验的经典，为后来的新本格推理引领了方向。

一九八八年，"鲇川哲也与十三个谜"评选启动，并于一九九〇年发展为"鲇川哲也奖"，专门鼓励新人创作本格推理。今邑彩、山口雅也、二阶堂黎人、芦边拓、宫部美雪等知名作家先后通过此奖出道。二〇〇一年，鲇川哲也荣获日本本格推理大奖特别奖，以表彰其对本格推理无法磨灭的贡献。二〇〇二年，鲇川哲也因病逝世，享年八十三岁。

佩特罗夫事件

(日) 鲇川哲也 著
吕灵芝 译

新星出版社 NEW STAR PRESS

1	出版前言
5	序　幕
11	开　端
17	没有窗的房间
33	安东　提供不在场证明
43	亚历山大　提供不在场证明
61	尼古拉　提供不在场证明
73	尼古拉的要塞
81	新证言出现
91	第二凯歌
101	亚历山大的要塞
119	安东的要塞
131	第二凯歌
145	亚历山大的危机
155	亚历山大被捕
161	夜　客
169	最后一环
179	娜塔莉亚北上
197	娜塔莉亚的胜利
211	终　结
233	解　析
242	尾　声
252	**佩特罗夫事件**
258	后　记

主要登场人物

伊万·佩特罗夫　　　　　富有的白俄人①
安东·佩特罗夫　　　　　伊万的侄子
郭运环　　　　　　　　　安东的未婚妻
尼古拉·佩特罗夫　　　　伊万的侄子，安东的堂兄
亚历山大·佩特罗夫　　　尼古拉的亲弟弟
娜塔莉亚·帕克尔　　　　亚历山大的未婚妻
玛尔达·帕克尔　　　　　娜塔莉亚之母
赛亚平　　　　　　　　　哈尔滨警察署的警部
鬼贯　　　　　　　　　　大连市沙河口警察署的警部

---

①因俄国十月革命而逃亡的反苏维埃政权的俄国人。

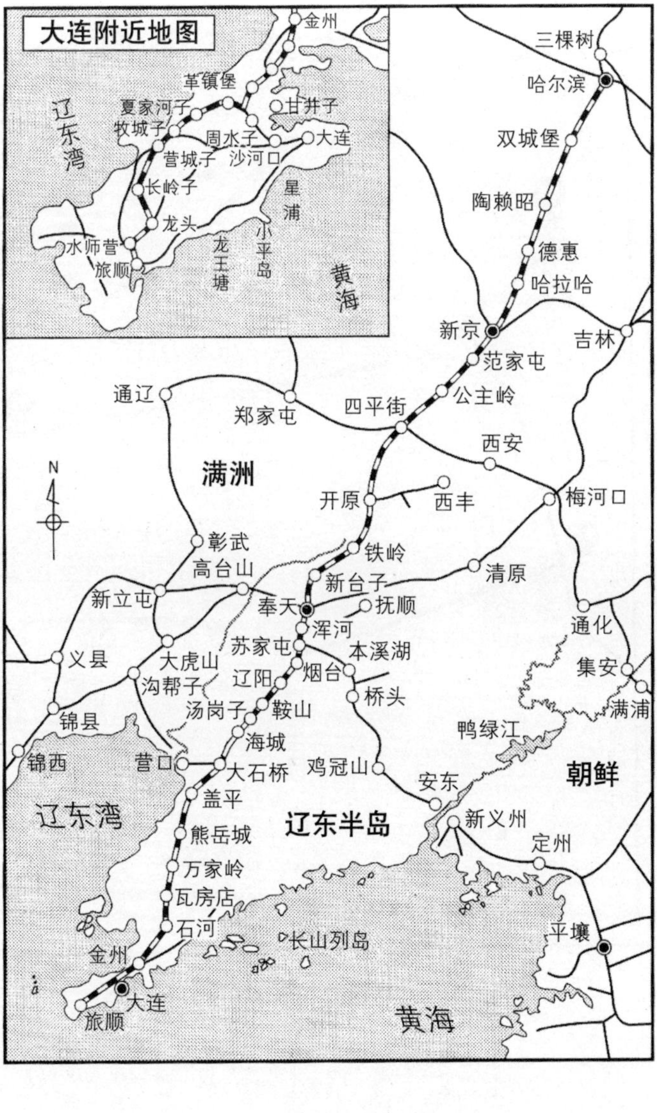

大连附近地图
金州
革镇堡
夏家河子
甘井子
辽东湾
牧城子
周水子
大连
营城子
沙河口
长岭子
星浦
龙头
小平岛
水师营
旅顺
龙王塘
黄海
三棵树
哈尔滨
双城堡
陶赖昭
德惠
哈拉哈
新京
吉林
范家屯
公主岭
通辽
郑家屯
四平街
西安
N
满洲
开原
西丰
梅河口
彰武
铁岭
高台山
清原
新台子
新立屯
奉天
抚顺
浑河
通化
义县
苏家屯
本溪湖
大虎山
烟台
集安
沟帮子
辽阳
桥头
满浦
汤岗子
鞍山
锦县
海城
鸭绿江
锦西
营口
大石桥
鸡冠山
朝鲜
盖平
安东
辽东湾
辽东半岛
新义州
熊岳城
定州
万家岭
瓦房店
石河
长山列岛
平壤
金州
大连
旅顺
黄海

大连市地图

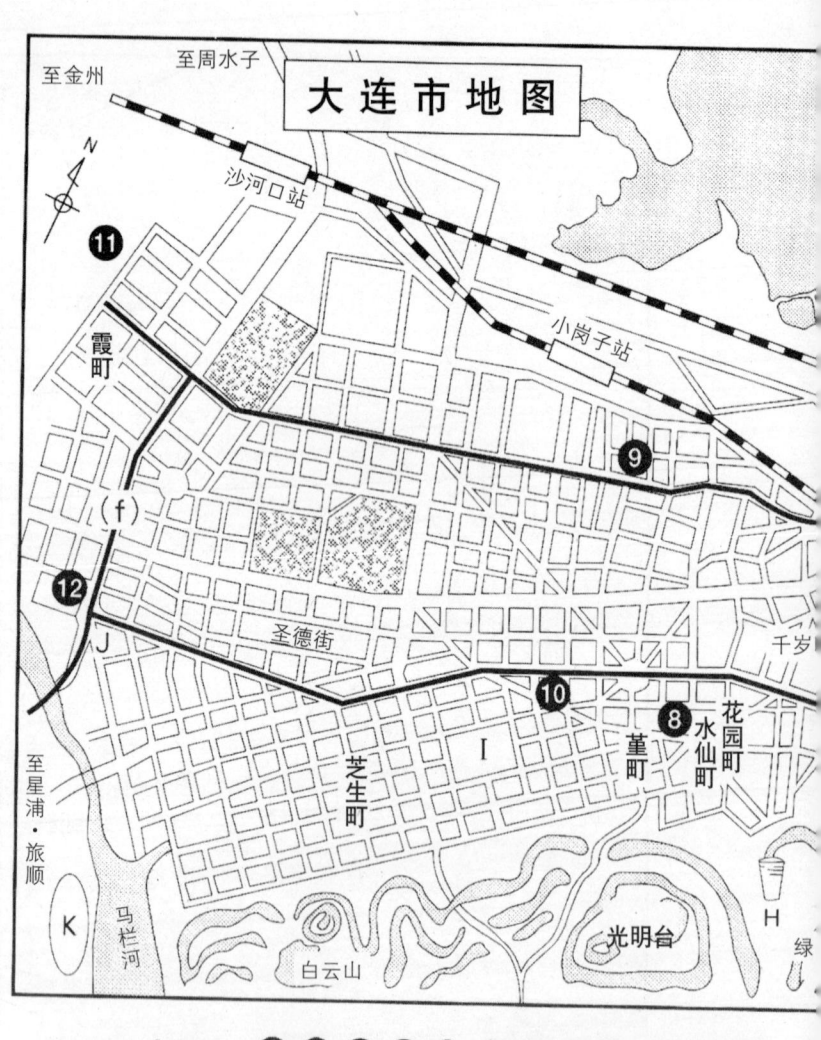

至金州 / 至周水子

沙河口站

小岗子站

霞町

圣德街

千岁

花园町
水仙町
董町
芝生町
光明台
白云山
马栏河
至星浦・旅顺
绿

① 水上警察署
② 满铁总部
③ 大广场警察署
④ 大连市役所
⑤ 大和宾馆
⑥ 常盘桥
⑦ 大连二中
⑧ 大连一中
⑨ 小岗子警察署
⑩ 赤十字医院
⑪ 满铁大连工厂
⑫ 沙河口警察署

电车
铁路

大连湾

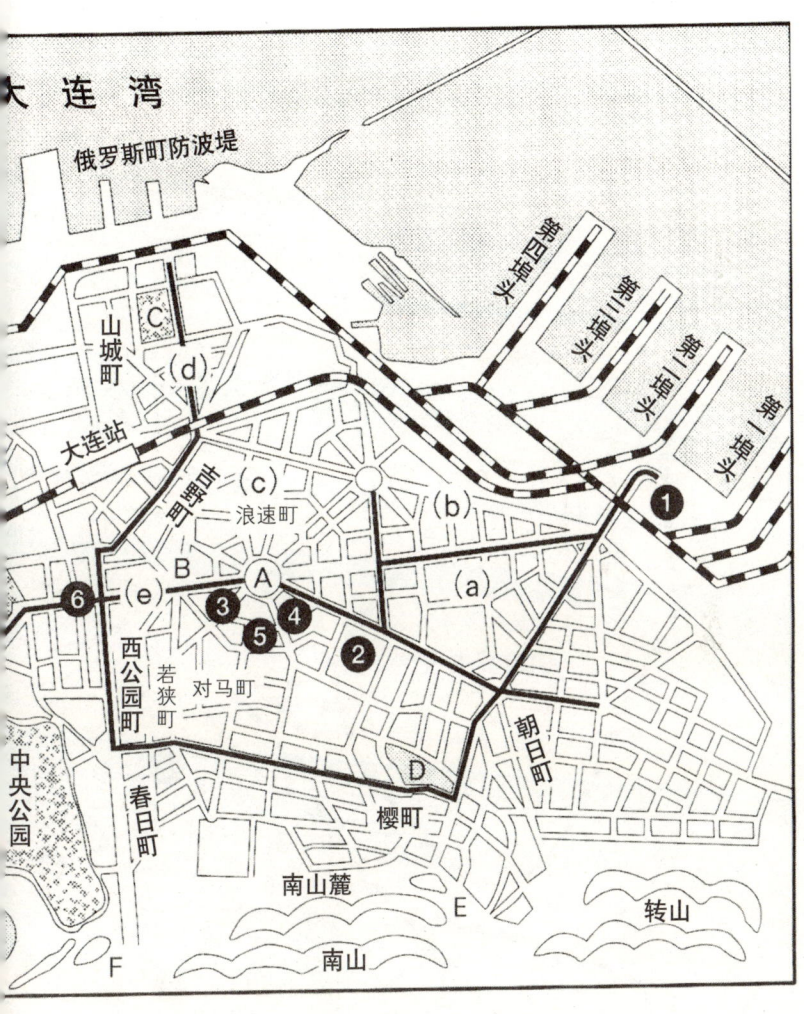

俄罗斯町防波堤

山城町
C
(d)
大连站
贝塚町
浪速町
(c)
(b)
(a)
B
(e) A
6
3 4
2
西公园町
若狭町 对马町
朝日町
D
樱町
春日町
中央公园
南山麓
F
E
南山
转山

(f)(e)(d)(c)(b)(a) K J I H G F E D C B A
大 西 北 大 寺 山 大 大 配 电 春 弥 镜 北 西 大
正 通 大 山 内 县 连 正 水 气 日 生 池 公 广 广
通   山 通 通 通 赛 运 池 游 池 池   园 场 场
      通   马 动   园
              场 场

黑龙江省

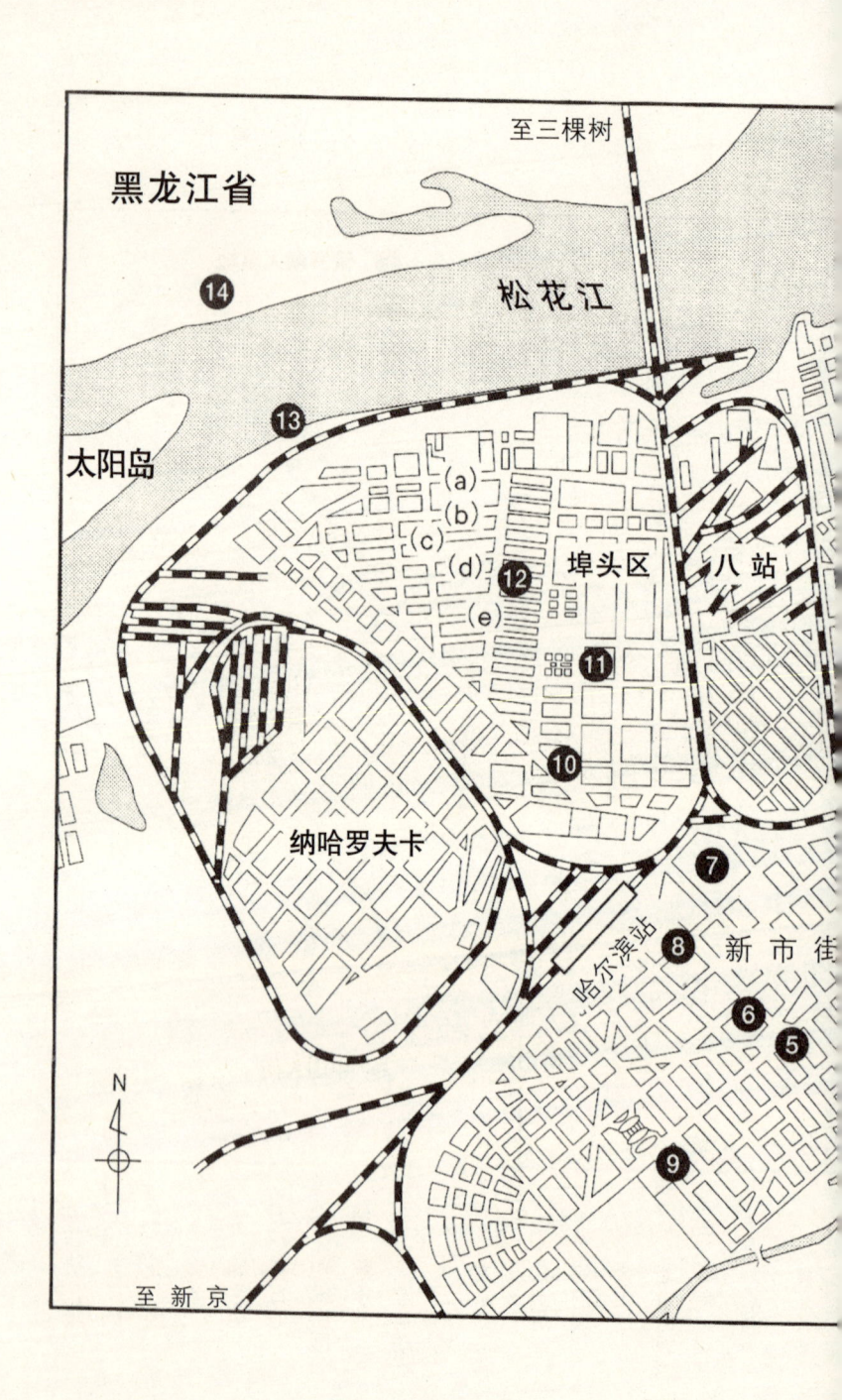

至三棵树

松花江

⑭

太阳岛

⑬

(a)
(b)
(c)
(d)   埠头区   八站
⑫
(e)

⑪

纳哈罗夫卡

⑩

⑦
哈尔滨站 ⑧ 新市街
⑥
⑤

N

⑨

至新京

哈尔滨市地图

1. 俄罗斯人墓地
2. 极乐寺
3. 天主教堂
4. 日本总领事馆
5. 中央寺院
6. 博物馆
7. 中央医院
8. 满铁事务所
9. 铁道俱乐部
10. 商品陈列馆
11. 圣索菲亚大教堂
12. 马迭尔宾馆
13. 游艇俱乐部
14. 水上救援署

(a) 警察街
(b) 商务街
(c) 炮队街
(d) 面包街
(e) 中国大街

傅家甸

马家沟河

马家沟

赛马场

出版前言

长期以来，中国内地读者对于日本推理作家鲇川哲也知之甚少。一方面，这是一位足以比肩江户川乱步、横沟正史、松本清张等大师的推理文学巨匠；另一方面，由于他的作品迟迟未能在内地出版，致使读者无法了解这位大师级的作家及其作品。这不能不说是一种遗憾。

鲇川哲也童年成长在中国大连，大学时期才回到日本。第二次世界大战之后，他不幸患上了肺结核，只能长期卧床从事推理小说的创作。一九五〇年，鲇川哲也创作的推理小说《佩特罗夫事件》获得了《宝石》杂志举办的征文大赛二等奖。按常理推算，他的创作道路理应从此一帆风顺。令人意想不到的是，不知何故，《宝石》杂志并没有如约全额支付其奖金。鲇川哲也对此十分恼火，和杂志社的关系一度恶化，最终遭到了封杀。《宝石》杂志是当时日本最具影响力的推理文学杂志，因此，鲇川哲也一时失去了展示推理才华的舞台。

直到一九五五年，日本讲谈社策划的"新作侦探小说全集"计划开始运作，其第十三卷是面向社会征集新人的作品。

一九五六年，鲇川哲也以《黑色皮箱》应征，击败众多高手，一举夺得了这"第十三把交椅"。至此，鲇川哲也才开始确立自己在推理文学领域不可取代的地位。其后，经营状况逐渐恶化的《宝石》杂志聘请江户川乱步出任主编。以此为契机，鲇川哲也和杂志尽释前嫌，其创作之路最后的障碍被清空。一九六〇年，鲇川哲也凭借《憎恶的化石》和《黑色天鹅》拿下了日本侦探作家俱乐部奖，进一步奠定了其宗师级别的地位，而他后期创作的《紫丁香庄园》，则被誉为"几乎完美的本格推理小说"。

纵观鲇川哲也一生的创作经历，读者不难发现，"坚持"是他的一个贯穿始终的主题。从出道开始，鲇川哲也便坚守本格阵地，一生不曾动摇——在本格推理盛行的年代如此，在本格小说日渐式微，社会派推理盛行的三十余年里更是如此。考虑到在日本，推理作家是一个竞争极其残酷、具有高度商业属性的职业，鲇川哲也的"坚持"，更显得难能可贵，令人尊敬。

鲇川哲也的作品精致朴素，情节紧凑，谜团炫丽，解答严谨，同时兼具足够的意外性。他和高木彬光、横沟正史被誉为"战后本格三大家"，是继横沟正史之后日本最伟大的本格推理作家之一。崛起于二十世纪八十年代的新本格派推理，在很大程度上受到了鲇川哲也的影响，可见其作品经受住了时间的检验，足以被奉为经典。

一九八八年，根据鲇川哲也的经历，日本的东京创元社推出了"鲇川哲也与十三个谜"活动，大力发掘新人新作。一九九〇年，"鲇川哲也与十三个谜"发展为"鲇川哲也奖"，成为日本推理文坛最重要的奖项之一。我们今天耳熟能详的众多日本推理作家，如今邑彩、山口雅也、芦边拓、二阶堂黎人、宫部美雪、青崎有吾等，都是凭借此奖出道，得到了读者的认可；而日本推理名宿岛田庄司和笠井洁则长年以来一直从事"鲇川哲也奖"的评审和推广工作。鲇川哲也的地位和影响力，由此可见一斑。二〇〇一年，鲇川哲也荣获日本本格推理大奖特别奖，以表彰其对本格推理无法磨灭的贡献。

为了让内地读者了解鲇川哲也的作品，作为中国最大、最专业的推理文学出版平台，"午夜文库"推出了这套"鲇川哲也作品集"。我们甄选了鲇川哲也最优秀、最具代表性的几部作品，从各个角度，全面而系统地诠释鲇川哲也辉煌的创作生涯。

"鲇川哲也作品集"每册具体内容为：

1.《紫丁香庄园》。长篇。一九五六年开始连载，一九五八年推出单行本。星影龙三系列。

2.《黑色皮箱》。长篇。一九五六年推出单行本。鬼贯警部系列。

3.《憎恶的化石》。长篇。一九五九年推出单行本。鬼贯警部系列。

4.《黑色天鹅》。长篇。一九五九年开始连载，一九六〇年推出单行本。鬼贯警部系列。

5.《佩特罗夫事件》。长篇。一九五〇年开始连载，一九六〇年推出单行本。鬼贯警部系列。

新星出版社"午夜文库"编辑部

序幕

大连是如今被称为中国东北的旧"满洲国"要冲。早在罗曼诺夫王朝时代，这座在沙皇东进政策中崭露头角的城市，就因其位于东洋尽头而被命名为达里尼（Дальний，远方之意），但在日俄战争结束后，日军取其连通亚欧大陆第一站之意，将城市改名为大连。

这座城市以大广场为中心，周围环绕着领事馆、酒店、银行、警察局等建筑，并有路面电车贯穿其中。内圆则是小公园，内有花坛，旁有长椅。在小公园的正中央，坐落着就任第一代军政官的某将军[①]铜像，正用扬扬得意的姿势睥睨四周。不愧为自欧洲归国途中，单骑横穿西伯利亚荒原的强硬派帝国陆军军人。

公园的长椅上，不时会有怀抱幼儿的俄罗斯少妇落脚，向脚边的鸽群抛撒饵食。或是坐着优哉游哉的老头儿，打着优哉游哉的小盹儿。临近中午时分，附近的公司大楼里便会三三两两地走出一些女职员，坐在长椅上聊聊同事的八卦，肆无忌惮地谈笑。但夜幕降临之后，这个小公园就会呈现另外一副光景。路边汞灯发出的青白色微光，让四周裹上了一层梦幻色彩。白日的喧嚣早已沉静，长椅上也空无一人。

隶属于大广场警察局的小野巡警每次在结束自己辖区的巡逻

[①]此处指山本五十六。

后，必定都会穿过小公园回到警局。因为他非常喜欢那里惨白得冰冷，却又像带着些许温存的灯光，每每行至此处，他都会像绕着捕虫灯盘旋的夏日飞虫一般，绕着小公园走上几圈。这天深夜，小野也跟往常一样，正准备经过前面那张长椅，却发现那里竟坐着一男一女正在交谈。男的是个小个子老外，全身沐浴在路灯的光线下。而与之交谈的女人则披着一条俄式头巾，处于逆光位置，遑论长相，连年龄大小都看不出来。不过听他们交谈的声音便知，她是个非常年轻的女郎。小野巡警最近才刚开始学习俄语，自然听不懂二人谈话的内容，但从他们独特的发音及语调来看，他十分肯定那是俄语。

　　小野为避免惊动二人，选了另外一条路悄悄通过，而那两人也忙于交谈，对小野的存在浑然不觉。小野因为初学俄语，难免有些期待对话中出现几个自己知道的单词，便竖着耳朵听了起来。女人突然激动万分，嗓音变得尖利，男人当即拍拍她的肩膀，低声说了句"Ничего"，令其冷静下来。警官只听到此处。因为总算听到自己认识的单词，他心满意足地穿过公园回到了警察局。消夜吃了太多狗不理包子，他现在只想猛灌几口浓茶下肚。

　　之后回想起来，那二人应当十分亲近——且不论关系好坏，至少他们对彼此的性格及立场都十分熟悉——总之关系非常紧密。之所以如此判断，是因为小野目睹了那个拍肩的动作，以及男人一语便使女人噤声的光景。

　　此处稍微解释一下"Ничего"这个俄语单词吧。作为世界两大大陆民族，中国人的"没法子"与俄国人的"Ничего"都最直接地体现了两国人民的特性，同时也是两个民族使用最频繁的词汇之一。这两个词同样出自佛教的"谛观[①]"哲学。面对伟大的大自然制造的天灾，他们都意识到了人力的极限，并学会了顺从。每年黄河泛滥都会带走数万条人命，这又如何防止呢。眼睁睁地看着洪水冲走家人，冲毁房屋、田地，人们只能叹息："唉，没法子！"

只是，在"没法子"与"Ничего"之间，还存在着些许差异。前者只是单纯的"没有办法"，而后者则可根据场合翻译为"没办法""没关系""不用管""将就吧"等，拥有广泛的语义。

刚才那两个俄国人究竟使用了"Ничего"的哪个语义，小野巡警不得而知，但正是那个词，让当晚的情景深深烙印在了他脑海中。虽说他转头就忘记了那回事，但只要情况需要，他马上就能回想起来。

小野巡警又回想起自己刚学的俄语词汇，边走边喃喃道：

"Русский и русская[②]。"

[①] 在佛教中，谛是仔细的意思，观是用智慧去观察。谛观身心，发现一切烦恼皆由自己而起，烦恼断，则可跳出轮回。
[②] "俄国男人和俄国女人"之意。

开 端

深夜十一时三十分。

"呜——"远处隐约传来前往旅顺的下行末班列车的汽笛声，王巡捕噌的一声站了起来。他生怕上司察觉，只小小地伸了个懒腰，马上就离开派出所，迈着大而缓慢的步子向车站走去。

这座位于北部沿海的小村落平静得有如一潭死水，从未发生过什么像样的案件。因此，警官在这里的主要任务，只有当旅顺线的列车停靠在附近的夏家河子车站时，站到站台上用呆滞的目光扫视上下车的旅客而已。虽说这只是走个过场、实则可有可无的工作，但对这样的夜晚来说，却是驱散睡意的绝佳方法。王巡捕一点都不嫌麻烦，反而打从心底里愿意走上这么一趟。因为自己一天到晚跟那个死脑筋的日本警官待在一起，实在是气闷得不行。

他走过一片风平浪静的浅滩，那是这里著名的海水浴场。人们可以在那里以碎牛肉做饵，钓到大螃蟹。因此，这里的夏天是非常热闹的，但这种热闹也只会持续两个月左右。因为，秋天很快就降临了。

紧闭的别墅窗户、被拖上海岸存放的渔船都被秋风吹打着，此时的小渔村已经彻底失去了活力，特别是朝北的海岸，更是人声寥落，甚至给人一种阴郁的感觉。从满洲北部各地汇集而来的避暑客如今已陆续离开，留守此地的只有中国渔民和隐居的白俄人，顶多还有几个负责看守别墅的日本人而已。就连被花花草草和日式纸灯笼装饰得颇有意境的候车室，一旦过了避暑旺季，里面的灯光也似乎转成了淡黄色，照得周围一片寂寥。

末班车晚了两分钟才到达，只见几个稀疏的人影出现在站台上。王巡捕与站员分站在验票口两端，等待下车的乘客通过。

最先出来的是一名提着肮脏啤酒瓶的渔民老婆，她高声谈笑着走了过去。瓶子里装的应该是食用油吧。王巡捕不禁想念起山东老家的母亲和她亲手做的饭菜，一下变得感伤起来。母亲最擅长油炸黄姑鱼，喜欢坐在饭桌边，看儿子一边狼吞虎咽，一边对其赞不绝口。王巡捕想到此处，突然觉得自己闻到了那熟悉的油香更加想念起母亲来。

紧接着走过来的，是一名怀抱幼儿的中年农夫。他们大概是探亲归来，只见他怀里的小娃儿昏昏欲睡，却还紧紧捏着装有糖果的小盒子，看起来甚是可爱。最后下车的乘客是一个小个子俄国人。他提着一个行李箱，像是到此处来旅行的人，这人似乎已经来过好几次，只见他迈着毫不犹豫的步子消失在了夜幕中。那行李箱上的黑白格纹，给王巡捕留下了很深的印象。

回到派出所还不到三十分钟，门外突然传来慌乱的脚步声，纱门猛地被推开，跑进来一个男人。王巡捕抬眼一看，原来是刚才从末班车上下来的那个年轻俄国人。

那个俄国人一手按着头上的呢帽，说起话来。但那并不是巡捕的母语，也不是在讲堂上学过的日语，他不得已，只得摊开双手，做了个稍等的姿势，转身走进里屋叫来正在写日志的平田巡警。在这小小的派出所中,只有王巡捕和平田巡警两个人执勤。

俄国人走到平田巡警面前,依旧用俄语大讲一通,还不停地去拉巡警的衣袖。平田巡警瞪大眼睛摇着头说:"听不懂,听不懂。"但对方还是不放手,他只得又用中文说:"我不明白。"还夸张地摇摇头,但那俄国人就是死不放手。

紧接着,俄国人用右手做了个开枪的动作,又按住胸口做了个倒地不起的动作。很明显,是出什么大事了。

"外面好像出事了。总之我先去一趟看看。"

说着,平田巡警从抽屉里取出警官用的驳壳枪,迅速上了膛,插进腰间。

"这里就交给你了。"

他似乎想在俄国人面前表现得威风一些,但话到末尾却微弱得难以听清。王巡捕看出平田巡警嫌麻烦得很,不禁觉得有些奇怪。但他还是装出一副庄重的表情,"啪"地向他敬了个礼。

俄国人这才一脸无奈地跟在巡警后面出去了。

王巡捕注意到,刚才那个年轻人离开时的动作看起来似乎非常紧张,但他的眼神却始终是极度冷静的。正是那双不应景的眼睛,让王巡捕有些犯嘀咕。

没有窗的房间

1

大连当时属于日占区，因此有着许多诸如若狭、对马等取自日本的镇名，同时还有大山①大道、乃木②町这般，直接用日俄战争中参战的将军之名命名的地方。而在西部的住宅区，则多为花园町、水仙町、堇花町这样优雅的名字。

鬼贯小巧而整洁的居所就位于状若卧牛的白云山脚下，一个叫芝生町的地方。那是一幢爬满地锦的雅致小平房，低矮的篱笆外面是一条种满金合欢树的林荫大道，整个居所给人一种开朗的感觉。

此时，刚出浴的鬼贯正身心放松地听着广播节目。他偏好古典音乐，但在这里能收听到的演奏者却为数甚少。例如交响乐团，仅有谢尔盖·席瓦科夫斯基率领的哈尔滨交响乐团而已，至于其他音乐家，充其量也只能收听到居住在哈尔滨、新京③和奉天④附近的俄国音乐家的演奏。为了填补数量稀少的音乐节目之空缺，广播局有时还会转播杂音甚多的日本现场演奏，但在静电干扰过于严重时，就会切换成同样曲目的唱片播放。比如尼古拉·西佛

---

① 取自"大山岩"之名，此人活跃于日本陆军创建初期至日俄战争间。
② 取自"乃木希典"之名，通称乃木大将，明治天皇死后自刎殉葬。
③ "伪满洲国"首府，即今日之长春市。
④ 即沈阳市。

尔布拉特①指挥的新交响乐团（现在的NHK交响乐团）正在演奏的《田园》，会突然被切换成布鲁诺·瓦尔特②指挥的维也纳爱乐乐团版本。

鬼贯调低收音机的音量，开始倾听一个俄国男中音歌唱家独唱的俄罗斯民谣。因为他是中途切换到这个频道的，所以没来得及收听曲名的介绍，歌词中描述了一个旅行者在横渡贝加尔湖③途中遭遇风暴，与小船一同沉没的故事，这首曲子他还是头一回听到。鬼贯对这首民谣颇感兴趣，正打算若演奏结束后没有重报一遍曲名的话，就要一直听到广播电台放送呼号那里，以便事后向播放该节目的广播局询问曲名。因大连广播局位于关东州④境内，故其呼号与日本一样以"J"字打头，是"JQAK"。但离开关东州越过国境进入"满洲国"后，呼号就变成MTBY、MTCY和MTFY了。鬼贯心想，这个节目多半是MTFY播放的。因为绝大多数白俄人都聚居在哈尔滨城内，因此播放俄国演奏家节目的广播局，也多半是哈尔滨广播局。

很快，放送就结束了，日本广播员开始播报歌手及钢琴伴奏者的姓名，但丝毫没有提到曲名。当鬼贯正竖起耳朵等待呼号放送时，旁边突然想起了电话铃声，他一分神，最终还是听漏了广

---

① 尼古拉·西佛尔布拉特（1887-1936），于一九二九年至一九三六年间担任日本新交响乐团指挥者。
② 布鲁诺·瓦尔特（1876-1962），美籍德国犹太裔指挥家、钢琴家和作曲家。
③ 位于俄罗斯西伯利亚南部的伊尔库茨克州及布里亚特共和国境内，意为"自然之湖"，一说名称来源于"贝音嘎 嘎拉"（蒙古语意为不灭的火焰）。
④ 是中国东北辽东半岛南部一个存在于一八九八年至一九四五年间的租借地，包括军事和经济上占有重要地位的旅顺口港（亚瑟港）和大连港（达里尼港）。此地曾先后被迫租借给俄罗斯、日本等列强。"关东"意为位于山海关以东，与日本关东地方无关。

播局的呼号。

电话是沙河口警署打来的。在这个小都会中一共有四个警署，分别是管辖市中心部分的大广场署，管辖中国街的小岗子署，剩下的就是水上警署和沙河口警署了。他所在的沙河口警署位于大连市西郊与旅顺接壤的地方，拥有一大片辖区。

听声音是署长打来的，鬼贯反射性地感到了案件的重大程度。果然，署长分配给他的是一桩杀人案，在著名的海水浴圣地夏家河子，有一名俄国人被杀了，因为俄语翻译刚好回日本探亲去了，因此务必请会说俄语的鬼贯去出一趟差，为了方便调查，他还特别委托了佐田医生前去与鬼贯会合。那个北边面海的避暑胜地现在应该正刮着掺和了细沙的冷风吧。鬼贯深切感受到了给公家干活的悲哀，甚至还有一丝后悔，早知当初不应该因为对俄罗斯民谣和音乐感兴趣，就兴冲冲地跑去学俄语了。

鬼贯走进卧室脱掉睡袍，迅速戴上墨绿色的领带，穿起黄色坎肩，又套上青灰色的警服套装，把雪花呢的风衣搭在手上，出门拦下一辆出租车，五分钟后，他已经在深夜的大道上向北疾驶。鬼贯深深陷入出租车座位靠背中，细细体会着投身事件之前必定会感觉到的，那种轻微的兴奋感。

出租车停在与白天完全相反，变得一片寂静的沙河口车站前，鬼贯下车后，头也不回地穿过了验票口。越过陆桥走上楼梯，他看到佐田医生早已到达，正站在高高的站台上，沐浴在甘井子吹来的寒冷海风中瑟瑟发抖。这位嗜酒的医生见鬼贯出现，随便打了个招呼就从口袋里掏出伏特加小酒瓶递了过去，很快他似乎又想起鬼贯是个沾酒就倒的人，便转而把瓶子塞到了自己口中。

"你这小酒量可能不知道吧，伏特加其实是分成两大类，一种是加香料的伏特加，一种是无色无杂味的纯伏特加，我们日本人顶多只能喝点加香料的伏特加了。那个纯伏特加啊，简直跟无水酒精差不多。"

这个老酒鬼一见面就对鬼贯发表了一通酒学演讲。

二人等了一会儿，夜空中就出现了星星点点的火花，紧接着，一辆货物列车进站了。他们走到最后方的守车处，七手八脚地爬上去，赶紧坐在煤炉边烤起火来。

"你们最好别坐太近，否则紧急刹车的时候很危险。我有个同事曾经一跟头跌到一大块烧红的煤块上，不过只把制服烧焦了，他自己倒是没怎么受伤。"

车长热心地拿起火棍挑旺煤炉的火势，向二人提醒道。

不一会儿，列车就轰隆一声动了起来。佐田医生向车长和并不抽烟的鬼贯象征性地递了递烟，然后在煤块上点起火，美美地抽了一口。

"总算暖和起来了。白天明明已经这么热了，一到夜里还是冻得不行啊。"他向车顶吐出烟圈，随后又转向鬼贯说，"你来的时候到局里去过吗？"

"没有。"

"我因为顺路，所以去了一趟。跟你说说后来接到的报告吧。被害者住在夏家河子站南边，也就是靠山的俄国人村子里，是个名叫伊万·佩特罗夫的老人。据说他非常富有,但是性格孤僻,都六十岁了还是独身。发现尸体的是他侄子,名叫安东·佩特罗夫,据他自己所说,他是从大连乘坐当晚的末班车到达夏家河子的。这个年轻人到派出所报案后,已经同所里的巡警和巡捕赶到了现场。"

2

列车虽然没在周水子车站停留,但毕竟是由四十五节车厢构成的超长货车,因此比旅客列车足足慢了十五分钟,直到凌晨一点才总算像患了哮喘病的雷龙一样,一步一挪,吱吱嘎嘎地把长长的身体停在了夏家河子车站。由于火车不停靠在站台,二人只得摸黑跳到铁轨旁的沙石地面上。就在鬼贯取出手电,佐田医生突然连着打了四个喷嚏时,远处出现了三点煤油灯的亮光,紧接着又有声音传来。

"是警察同志吗,请到这边来。"

鬼贯和佐田都经常来这里洗海澡或钓螃蟹,但从未在深夜造访。他们只得一边注意脚下,一边排成一列纵队,沉默地穿过了车站,在忽明忽暗的煤油灯光带领下,笔直向铁轨南端的高台走去。一路的杂草上落满了露珠,沾湿了众人的裤腿。

在高台上走了一会儿,便来到一座悬崖边上,站员们相互提醒着,灵巧地沿着陡峭而狭窄的小路走了下去。佐田医生好像有点恐高,只见他看了一眼谷底,惊得一屁股跌坐在地上,但很快又咬咬牙，战战兢兢地跟在了站员们后面。先下去的站员亲切地举起煤油灯，为佐田医生照亮小路。

沿着笔直悬崖上的小道走了一百米左右，鬼贯等人意外地在山谷最狭窄处看到了一幢房子，这时，在前面提着煤油灯的站员告诉他们："这里就是佩特罗夫先生的家。"在如此场景，如此时刻中，那站员的声音回响在谷底，撩起一片让人毛骨悚然的气氛。

就在此时，屋内有人闻声来到玄关，耀眼的灯光瞬间照亮了五个人的全身。站在玄关的男人见到他们，回头朝屋内大吼一声："到了。"片刻，一名警官小跑出来。原来是平田巡警，他看到鬼贯的脸，顿时露出松了一口气的表情。

"大半夜的麻烦几位跑一趟，真是太不好意思了。尸体现在还在书房，没有人动过。发现尸体的那个叫安东的青年则等在起居室里，只可惜在下和王巡捕都不懂俄语……"

他无可奈何地叹了口气。先前平田巡警觉得自己与安东两人大眼瞪小眼未免过于尴尬，便把派出所交给老婆看守，自己则把王巡捕也叫了过来。

佐田医生走进大厅右侧的书房，平田巡警则抱着医生的皮包跟了进去。

鬼贯打开左侧起居室的大门。刚才出现在门廊上的高个子巡捕见到他慌忙起立，敬了个礼，随后，坐在暖炉前那名三十岁左右，身材矮小的俄罗斯青年也转过疲惫的脸孔看向他。这就是死者那个叫安东的侄子吗？

青年起身向鬼贯打招呼，鬼贯坐到他面前的椅子上，开始用熟练的俄语询问安东发现尸体的经过。

鬼贯讲俄语时习惯将重音前的 O 发得像 A 一样，一听便知，是莫斯科土生土长的俄国人教他这么读的。可是，自打从之前任职的哈尔滨警察署调到大连后，他就几乎没有机会说这种语言，如今久违地一开口，让他感觉舌头都快搅到一起了。

"今晚因为旅途疲惫，也许不能将事情经过明确地说出来。而且还受到了这样的打击……要是有不太明白的地方，请您不要客气，多问几遍。"

俄罗斯青年说完，紧张地吞了一口唾沫。

"我是佩特罗夫伯父的侄子，名叫安东·佩特罗维奇·佩特罗夫。前些天我接到伯父的消息，要我在十月十日，现在已经过了十二点，所以是今天，到他家来一趟。抱歉，我刚才忘说了，我家住在哈尔滨中医街。伯父虽然有钱，却是个铁公鸡，所以我一开始就没打算住在这里，而是先把行李寄存在了以前去过两三次的海滨旅馆里，然后打算先到伯父家露个脸。怎知我敲了好久的门都没有回应，里面也黑灯瞎火的，便以为伯父出门去了。我又试着转了转门把，发现大门没有上锁。于是我觉得奇怪，就进去查看，结果就变成这样了。因为我长这么大还是第一次见到这种场面，当时吓了一大跳呢。后来知道我来得太晚了，就没碰书房里的任何东西，马上报警去了。"

鬼贯用温柔的眼神盯着安东的脸。一些人看到或许会说，那是细细体味对方证词，不放过任何矛盾的审视眼神，又有一些人会说，那是对安东所遭遇的不幸和惊诧感到同情的温暖目光。

"那么，你伯父是因为什么把你叫到这里来的呢？"

"这个嘛。"他皱起那张沾染了煤烟的脸说道，"我是不是必须说出来呢。一旦说出来，你对我的印象必定会一落千丈。可这也是你迟早都会知道的事实，所以我还是说出来吧。"

说着，安东取出一个银制的香烟盒，给鬼贯递烟。

"咦，警官你不吸烟吗？那可真是少见……首先我希望你记住，我伯父这人有点乖僻，而且年纪越大越顽固。一年多前，我遇到了一名来自广东的女孩，她的名字叫郭运环，那姑娘非常优秀，但伯父却是个死脑筋的极端国粹主义者，根本不同意我跟外国女人结婚。他老人家还说：'如果你不听话，我就不留给你一分钱遗产。'虽然我并不想贪图老人家的那些遗产，但毕竟数额巨大，也不能说放弃就放弃吧，为此，我和运环就一直拖着，迟迟未能结婚。伯父这次叫我来，也是为了彻底解决这个问题。"

"说了这么多，我对你的印象也没有改变多少不是吗？"

遭到鬼贯如此反问，安东却没有马上回答，而是连着抽了几大口烟。看着他那完全不把别人当回事的举动，鬼贯瞬间便把握了青年的性格。

"根据伯父几年前写的遗嘱内容，我本来能分到四分之一的财产。但后来因为运环的事情迟迟无法解决，伯父打算根据本次谈话的结果，考虑要不要把我的名字从遗嘱上划掉。为此，我就有了杀害伯父的充分动机，虽然我也是个正常人，一点都不觉得人的死是件愉快的事情，但如今伯父在修改遗嘱之前就去世了，说句心里话，我内心的恶魔还是在一个角落里举起了庆功的酒杯的。"

"在别人面前,特别是今天这个场合,在我这个警官面前,你最好还是不要随便说那种话哦。"

即便是性格稳重的鬼贯,听到安东这番口无遮拦的叙述后,还是忍不住责备了几句。

"看来,你与伯父的关系不太好啊。"

"那可不是。"

安东断然点了点头。

"要我跟那动不动就发火的怪人合得来,那还真是难为我了。话说回来,鬼贯先生,如果方便的话,能放我回旅馆了吗?今天实在太累了,我想回去洗个澡……"

"可以,没问题。"

鬼贯略显冷淡地回答。

"明天早上我可能还要造访,所以请你不要出门。"

"知道了。"

他看起来真的十分疲惫,连黑眼圈都已经浮现出来了。安东抓起桌上的帽子,一手扶额,自言自语道:

"现在神经这么亢奋,看来待会儿不吃两片安眠药就别想睡着了。"

虽说如此,他却强行抑制住了快要打出来的哈欠,向鬼贯和巡捕道过晚安后,拖着沉重的脚步准备离开。但马上又停下来,似乎想起了什么。

"鬼贯先生,如果可以的话,我想把伯父的死讯通知运环……

而且，虽然伯父对运环并无好感，但她却从未怨恨过伯父，所以我还想把她叫过来，参加伯父的葬礼。你说这样可以吗？"

"嗯，当然可以啦。"

鬼贯并无异议。

"那个……"

他又露出了几分难色。

"我想用用这里的电话，但日语我是一点都不懂，所以能请你帮我转接一下吗[①]？"

鬼贯爽快地站起来，拿起房间一角的电话听筒。

"号码是哈尔滨的一七二五号。"

现在是通信并不紧张的深夜，因此大概不用五分钟就能接通，但对方好像睡得正香，硬是等了七八分钟，鬼贯才听到接线员说："请讲。"待话筒那边传来几声带着睡意的招呼，他就把听筒递给了安东。

"……啊，运环吗？是我啊……"

他的声音突然增添了几分活力。鬼贯为避嫌退到了走廊上，但安东的大嗓门还是传了出来。

"对不起，这么晚了把你吵醒。我现在在伯父家里，遇到大事了。你听了可不要吓一跳哦，伯父他去世了。是被手枪打死的……话说回来，他的葬礼必须夫妇一同前往。所以你最好明天

[①] 旧时电话号码都由总机号加分机号组成，使用时先拨打总机号，接线员接听后报出分机号，这才能联系到对方，这一方法直到二十世纪八十年代都还在使用，后来才逐渐转为可以直接拨通的程控电话。

早上……对,越早越好。嗯,那晚安了。我马上也要回海滨旅馆去睡了。今天真是太累了。再见。"

室内传来挂断电话的声音,不一会儿,安东走了出来。

"托你的福,我终于联络上运环了。她明天晚上或者后天上午就能到了。那就晚安了,警部。"

"嗯,晚安。"

安东一副精神紧张的样子,胡乱抓起帽子,走到了昏暗的室外。

3

虽然他说自己精神亢奋,但鬼贯却从未见过如此冷静的男人……

鬼贯正若有所思,却见佐田医生和平田巡警从书房里出来了。

"王君,你跟在安东后面,看他是不是真的直接回旅馆了。要是敢逃跑,就给我抓回来。"

鬼贯看了一眼起居室,对巡捕命令道,随后又转身面向佐田。

"结束了吗,真是辛苦你了。"

"没什么。"

医生简单地回应一句,走到鬼贯身边。

"等天亮了我再对尸体进行解剖,届时会给你一份详细的报告书,现在先说说简单检查后的结果。被害者是在与凶手隔着书桌交谈时被射杀的。射击距离在一米左右,因为射入的角度是水平的，所以凶手大概也是保持坐姿，或者稍微探起身来开的枪。死因是一枪贯穿心脏，子弹应该留在了左肩胛骨的位置，明天再把子弹取出来进行详细检查吧。大概的死亡时间是下午两点到五点之间，明天解剖后应该能得到更确切的数字。只是有一点我实在想不通，就是被害者的表情非常平静。看来那老爷爷很淡定嘛。唉，这工作一结束，马上就冻得不行了。"

医生突然打起冷战来，他赶紧掏出口袋里的伏特加，迫不及待地拔起瓶塞，连着喝了两三口，这才掏出手帕，擦拭濡湿的嘴唇。

"今晚可能要在这里过夜了，肯定会冻得要死吧。"

他自言自语着，又回头看了一眼平田巡警。

"柴火就只剩下这些了吗？我担心不太够用啊。还有没有别的可以烧的东西，这要是冻死了可就太不值得了。"

他实在冻得不行，七手八脚地把所有柴火一口气扔进暖炉中，伸出双手在烧得噼啪作响的炉边烤起火来。

"真没想到这里会这么冷，早知道就多穿点了。"

鬼贯背对滔滔不绝的医生，重新观察起居室的构造。

房间贴着朴素的壁纸，里面只摆放着寥寥无几的家具，除去暖炉前的两三把椅子和一张桌子之外别无他物。整个起居室都体现出佩特罗夫老人孤僻寒酸的性格。鬼贯看到此处，又走出了大厅。

佩特罗夫宅邸由四个房间组成。主人吝啬的性格不仅对别人，甚至对自己也不例外，只见卧室与起居室一样，都显得寒酸无比，唯一的装饰只有挂在床头的一小幅印象派英国风景油画。床边还有一个看起来很坚固的绿色小保险箱,鬼贯并未看到凶手造访过的痕迹。

他顺便绕到厨房看了一眼。那里同样是寒酸无比,空荡荡的食台上只有几块吃剩的火腿和培根杂乱地堆放在角落。通往厨房的走廊一直延伸到后门,尽头是一堵白色的厚重大门,他试着推了推,发现门不仅上了锁,还扣上了一个沉重的锁头。门外应该就是岩壁,因此这里就算是白天,大概也非常昏暗。

每个房间的窗户的上下两个窗闩扣得死死的,从窗闩上的锈迹推断,那些窗户恐怕自从宅邸建成后就从未打开过。这些细节都充分体现了伊万·佩特罗夫平日的孤僻习性,以及对盗贼的极度防范心理。

最后,鬼贯推开了案发现场——书房的大门。刚一开门,他就惊讶地瞪大了眼睛,因为对比其他寒酸煞风景的房间,这个书房简直是豪华无比。正面墙上嵌入了一整面的大书架,上面满满地排放了将近十排印有烫金大字的书籍。书架的布帘被拉开了一角,那里摆放着一个梯子,梯子正对的书架上空出了两三本书的空隙。放眼望去,几乎所有藏书都是经济学相关的,且全都是英文书籍。书房地板上还铺着深红色的波斯绒毯。

鬼贯突然感到一阵憋闷,这才发现房间里没有一扇窗户。那恐怕是为了不分昼夜,全年都在同样的照明条件下读书而设计的吧,而且设计时一定还充分考虑到了房间的换气功能。天花板的反射照明也十分柔和,让人读起书来丝毫不会疲劳。这间书房无疑具备了让任何读书人能够心满意足的完美条件。佩特罗夫想必只有在这里埋首研究经济学时，才能感到自己人生的价值吧。

伊万·佩特罗夫此时正深深陷在桃花心木书桌旁的安乐椅中，带着平静的表情沉睡着。他留着短短的白色胡须，给人一种坏心眼偏执狂的感觉。因其此时正仰头靠在椅背上，那黑桃形状的胡须恰好挑战性地凸了出来，正对着鬼贯。这一场景更加完美地体现了老人生前的性格。

老人的衣服并不寒酸，而是经典而雅致的款式，鬼贯仔细一看，只见他深棕色的坎肩左前方被染成了一片黑色。老人左手的手指正搭在坎肩左袋上，右手则笔直地伸了出来，握着拳头。

隔着书桌，有一张访客坐过的椅子。书桌上放着两套红茶茶具，佩特罗夫的杯子已经被喝空了，而客人的那杯红茶则只放了砂糖，一口都没喝过。奇怪的是，访客用的小勺却不知所踪了。

鬼贯又拉开被害者身前的抽屉，发现里面胡乱摆放着五沓百元大钞。鬼贯敲着桌面，开始总结线索。

那客人能让一个乖僻之人停下最爱的读书活动接待他。

那客人能让讨厌见人的老人家用红茶招待他。

而且，那客人甚至能让老人一脸平静地被他射杀。

并且，行凶者除了一把小银勺之外，并未盗走任何一样东西。

安东　提供不在场证明

裹在平田巡警从派出所送过来的毛毯中，与佐田医生一同在暖炉前的椅子上睡了一夜的鬼贯，在第二天早上七点刚过时就醒了。他早已练就在任何地方都能熟睡的本领，也知道如何在短时间内得到充分的睡眠。而且自己三十五岁的年轻身躯，也从来不知疲倦。

旁边的佐田医生还在熟睡时，鬼贯已经洗漱完毕，做了一会儿简单的体操，决定出门到以前帮衬过的一家小饭馆"莫斯科点心店"中，来点牛奶和吐司做早餐。

他取出列车时刻表仔细查看。包括现场照片拍摄员在内的后续队伍将乘坐八点零四分到达的列车过来，他决定在此之前先让医生再睡一会儿，便打消了摇醒他的想法，独自出门去了。他来到门外，深深吸了一口外面寒冷的空气。重新回头一看，昨晚没能看到的佩特罗夫宅邸全貌就在眼前。那是一栋石造的朴素而坚固的宅邸，虽说是平房的形状，屋顶却比一般平房高出许多，上面的瓦片与墙面一样是灰蒙蒙的，让人乍一看感觉像是死神的宅邸。这里没有任何可供眺望的景观，在如此狭窄的谷底建造房屋，这完全是不符合常识的举动，且每个房间都只象征性地安装了一两扇小小的窗户，从中也能窥视出设计者的偏执。佩特罗夫宅邸就这么冷清清、湿淋淋地耸立在清晨的雾气中，呈现出一副沉重而阴郁的模样。

鬼贯禁不住一阵寒战，顺着昨夜在煤油灯照射下走到谷底的小路逆向而上，推开了海滨旅馆附近那家"莫斯科点心店"的白色大门。

围着雪白围裙的微胖秃顶店主马上端来滚烫的牛奶和面包放在桌上。鬼贯没有对老板说什么，只默默地啃着面包，老板也不对鬼贯多语，只默默地擦着手上的水火壶①，虽说两人相对无言，店中却飘荡着一丝温暖的气氛。鬼贯知道，老板有个独生子正在大连的日本中学念书。据老板说，自己的儿子在里面学习英语、汉文和日本国史，都取得了不错的成绩。鬼贯之所以对这家小店感到异常亲切，这也是其中一个原因。

他心满意足地离开小店（当然，没有人会在吞下三人份的面包后还觉得不满足），慢慢沿着通往旅馆的斜坡下行而去。

旅馆远离车站和铁轨，坐落于斜前方的小山丘上。那是一栋沿着东西方向建成的青瓷色狭长建筑，这栋西班牙式三层小楼与其说是旅馆，其实更像是私人宅邸，除去旺季之外，这里几乎无人住宿，连工作人员也已减至两三人而已。中央的尖塔顶上，有一面青色旗帜映衬在晚秋的天空中，给旅馆又增添了一分寂寥。

鬼贯推门进去，看到一名中国少年正坐在空荡荡的柜台上，与一只哈巴狗玩耍着。他向少年说明来意，少年马上给安东打了个电话，然后走下来带领鬼贯进入旅馆中。

安东的房间位于二楼走廊中央的南端。里面的人似乎听到了

---

①一种俄式茶具，呈圆筒形或圆锥形，在贯穿中央的管里烧炭，煮沸周围的水，多由铜、黄铜制成。

他们的脚步声，没等鬼贯敲门就叫了起来。

"哎呀，是警部吗，我等你好久了。"

似乎是因为年轻，他只睡了一觉便完全扫清了疲惫，声音里带着一股张力。

进入房间，只见屋里烟雾缭绕，被从窗户斜射进来的阳光一照，更是显得白茫茫一片。原本坐在床沿上的安东微笑着站起身来，将手中的香烟摁灭在烟灰缸里，与警部面对面坐到桌边。年轻人泡了个澡，又刮过胡须，跟昨晚判若两人，简直是个健康的美男子，但他有如剃刀般薄薄的嘴唇和不安分的眼神却昭示出其敏锐而细致的性格。同时，还让人感到那是一个冷酷、以自我为中心的人，因此，鬼贯十分不喜欢他的眼神。

"你伯父的遗体今天就要进行解剖了，请你确认一下。"

"是吗？如果是有必要的，那我也不好说什么了。"

安东面无表情，淡淡地回应道。

"葬礼有可能要等到明天了……好了，安东先生，接下来我们换个话题吧。"鬼贯话锋一转，一边关注对方的表情一边继续说道，"我想听听你昨晚乘火车到这里来之前的事情。"

"哈哈。"

安东笑了一下，似乎在说不出我所料。

"我的不在场证明可是十分完美的。因为一直坐在开往大连方向的火车上，所以我是不可能有机会杀死伊万伯父的。不过我还是会回答你的提问。请问要从几天前说起呢？"

"请从你坐上开往大连的列车那时候说起吧。"

他低语一声"这样啊"便陷入了片刻沉思,似乎在整理记忆。

鬼贯透过窗户,看到了山脚下新建的教堂。映衬在蓝天和青山下的那座建筑物周围看不到半点东洋特色的景致,展现出一种特殊的异域风情。

"……因为我此前要在新京办点事情,就在南下时顺便到了那里,办完事后,又坐上了八日二十二时五十五分从新京出发的列车[①]。"

他说到这里停顿了一下,从床下拉出一只棋盘格花纹的皮箱,打开锁,拿出一本英文列车时刻表翻了起来。他找到连京线的时刻表,递到鬼贯面前。

"你看,就是这个。我坐的是二十二次列车。"

"不用了,我自己也有时刻表。"

鬼贯从包里拿出日文版的时刻表。那是他上个月去金州农事试验所办事时买的,之后就一直折成两折带在身上。二十二次列车从新京站始发,是带有坐卧两类车厢的二三等普通列车(参照卷末"时刻表"附录)。

安东继续说道。

"我本来打算坐比这班车早十五分钟出发的快速……好像是十六次列车吧,而且还买好了快车票和卧铺票,但因为一些突发事件,不得不改成了普通列车。"

"所谓的突发事件是什么呢,请你详细、明确地说明一下。"

[①]作者注:旧满洲铁路在站前已经采用了二十四小时制。

青年毫无怨言地点点头。

"当然可以，不过事情其实很无聊啦。我当时把行李寄存在了车站里，等到要拿出来的时候，却发现寄存证不见了。列车就在我背后准备出发，但我就是翻遍口袋都找不到。而且语言又不通。你看，我的皮箱是醒目的黑白棋盘格图案，所以我在寄存柜台一眼就看到了，就是拿不出来。后来算我走运，有一位通晓俄语的中国绅士路过，做了我的临时翻译，这才取回了行李，可是等我跑到验票口时，列车却已经开走了。当时真是气得不行了。好在站员觉得我可怜，热心地帮我退了快车票，才终于赶上了十五分钟后出发的列车，也就是二十二次列车。怎么样，这样说够详细了吗？"

鬼贯大大地点了两下头。

"当然可以，当然可以。"

"我在这辆列车发车前，还想去买卧铺票来着，但是当然买不到啦，于是，我只能在这个夜行列车硬邦邦的座位上一直坐到天亮了，再加上之前积累下的郁愤心情，真的是累死我了。"

"话说回来，你坐的是几等座位呢？"

被鬼贯这么一问，他略带尴尬地低垂双眼道：

"是三等座。因为这段时间手头有点紧啊。呃，其实就是过度痴迷赌马，输了一大笔钱。不过现在回想一下，这次的旅行还真是从一开始就挫折不断啊。我还记得总算挨到天亮后，检票的列车员又来了，那时我才发现车票不知是被偷了还是遗失了，反正到处都找不到了。明明才刚经历过这么多倒霉事，我当时真是对自己绝望了，翻来翻去都找不到，只能重新补票了，真是气死我了。不过现在仔细想想，只要找到当时给我补票的乘务员，就能证明我的确不在现场了，真是塞翁失马焉知非福啊。后来因为坐着实在太憋屈，我再也睡不着了，就在铁岭站下了车，走到站台上散步，于是非常偶然地遇到了在哈尔滨的俱乐部认识的多尔涅夫。原来他也跟我坐在同一班列车上。虽然我们并不是很熟，但毕竟人在旅途，尤其是在三等车厢又脏，座位又硬的情况下，我自然对他感到亲切无比，便一直赖在他的二等车厢与之交谈，直到那位先生在奉天下车。怎么样，还要我继续说下去吗？"

"是的，请继续说下去。"

鬼贯一脸认真地回答道。

"那之后的一段时间，应该没有人能为我做证，不过在还有一小时左右就能到达大石桥的时候，我找乘务员帮我发了一封加急电报，而且在离开周水子站不久后，又接到了回电，所以那两位乘务员应该记得我这个人吧。到达大连站后，我给旧友塔伯尔斯基打了一通电话，约他在车站的茶室会面。随后，我们又步行至大山大道，在一家叫'卡兹贝克'的高加索餐厅就餐。需要把菜名也报给你吗？"

安东略带戏谑地询问道。鬼贯则装作不知，点了点头。

"顺便再告诉我用餐的价格。"

"我们吃的是烤羊肉，一共花了两卢布①。不过，付钱的其实

---

①作者注：此处的卢布与日元等同，故两卢布即为两日元。

是塔伯尔斯基。随后我跟他道别，又在附近闲逛了几圈以打发时间，并于十点四十五分左右回到了大连站。等了十分钟，就坐上了开往旅顺的末班车，并在夏家河子站下车，这一点昨天那个高个子中国警官也知道的。以上就是我的不在场证明。"

鬼贯正目不转睛地盯着他的脸，听到那些话，他慌忙说："啊啊，这样就可以了。"随后又加了一句："只要你说的都是真话。"

"我一点都不想因为莫须有的罪名被扔进大牢。刚才说的那些事情中，只要有其中一个证人愿意站出来替我做证，我的不在场证明就能成立了。毕竟我又没长翅膀，不可能从车窗里面飞出来杀人啊。"

"你说得也对，要得到证人的证词，有张你的照片再好不过了。能给我一张你的证件照吗？"

"当然可以。"

安东从上衣的内袋中取出身份证，将上面的照片揭下来递给鬼贯。他的态度里没有丝毫犹豫，似乎对自己的不在场证明十分自信。

鬼贯又补充性地问了两三个问题，得知已故的佩特罗夫有一位顾问律师，便把律师的地址抄在记事本上，离开了旅馆。

亚历山大 提供不在场证明

1

鬼贯坐上了十点四十四分出发的上行列车，他并未在警署所在的沙河口站下车，而是直接坐到了终点站大连。下车后，他用站内电话与三浦署长取得联络，简单报告了调查的情况。随后又在车站前拦下一辆出租车，前往大广场造访川田律师的事务所。

鬼贯在一个摆满中国佛像的房间里等了大概五分钟，门外就传来"呀"的一声，川田走了进来。川田是一名商务律师，鬼贯也早已久仰大名，但他们还是第一次见面。眼前这位老人一副市井百姓模样，仿佛几分钟前还在后院的田地里拔萝卜来着，光看他的装扮，鬼贯难以相信这是一位精通英法德俄四国语言，为多家外国商社担任顾问律师的大人物。

两人结束初次见面的招呼礼数后，鬼贯直接切入主题。

"听说您是夏家河子的伊万·佩特罗夫老人的顾问律师。"

"正是如此。"

川田翻弄着鬼贯递给他的名片，不耐烦地说道。

"佩特罗夫已于昨日去世了，而且是他杀。我想消息可能还没传到这里来吧。"

"哦。"

川田口头虽只简单地回应了一声，但心中似乎大吃一惊，不小心把鬼贯的名片掉在了桌上。

"因此，我认为有必要询问一下遗嘱的内容以方便调查，能请您在不触犯保密守则的范围内透露一些内容吗？"

鬼贯并不认为川田会轻易开口，便做好了死缠烂打也要把话给套出来的心理准备。此时秘书恰好把红茶端了过来，川田拿起小勺轻轻搅动，鬼贯也有样学样。律师啜了一口茶，慢悠悠地擦了擦嘴角，这才清了清嗓子，开口说道：

"其实，鄙人在十天前曾接到佩特罗夫的传唤，声称要与我商谈修改遗嘱之事宜。他如今在遗嘱修改前夕遭到杀害，从社会正义的立场来说，我也有必要提供某种程度的帮助才是。"

听到他如此爽快地表示愿意合作，鬼贯松了一口气。川田先表明了"我只说我愿意提供的信息，别的你什么都问不出来"这一态度，然后就开始叙述道：

"为了让条理更清晰一些，我要从较早以前的事情说起。已故的伊万老人原来有两个亲兄弟，分别是长兄塞尔盖和胞弟皮耶托尔，但那两人及其配偶都在大革命期间不幸身亡了，也就是说，只有当时恰好在英国研究经济学的伊万一人存活了下来。伊万一辈子都没结过婚，但在大革命中战死的兄长塞尔盖留下了尼古拉和亚历山大这两个儿子，弟弟皮耶托尔也留下了安东这个孤儿，那三个孩子都成功逃了出来，因此老人就代替死去的兄弟开始照顾那三个孩子。因为伊万本来就是性格孤僻之人，也就从未像常人那般对三个孤儿表示过疼爱，但只要看他遗嘱的内容，就知道他其实非常疼爱他那三个侄子。伊万老人平生唯一的兴趣就是研究经济学，而且他还是英国正统学派的权威人物。虽说他并无著述，也从不对外发表任何言论，但如今遍布'满洲国'的日本高官里，恐怕没有一个人能与伊万老人相匹敌吧。他在自己所属的经济领域也是怪人一个，甚至还把卡尔·马克思的肖像倒着挂在家里呢。言归正传，其实老人的遗嘱内容非常简单，就是把全部财产交给三个侄子以及白俄人协会平分。反正这几天就要正式宣读遗嘱了，具体内容请你到时候再行确认吧。"

这位律师似乎偏好将佩特罗夫称为"老人"，从这个细节上也体现出了川田不服老的性格。

"遗产总额大概是多少呢？"

"单说动产就有二百万左右了。何况老人名下还拥有许多不动产。"

毫无准备地听到这个数额，鬼贯忍不住倒吸了一口气。平分成四份的话，他们就能每人拿到五十万之多，若是眼看着就要失去这笔遗产，的确会让人产生行凶杀人的想法。

"那么，你知道佩特罗夫为何要突然更改遗嘱吗？"

"是这样的，因为三个侄子都做了某些让他非常不满意的事情。所以他准备这几天把他们叫到一起，若是依旧不听劝告，就让他们一分钱都拿不到。"

原来安东还有两个堂兄弟，这还是鬼贯造访过川田之后才知道的，而且，他们好像也有杀害老人的动机。

"然后财产要怎么分配呢，万一其中一人失去了继承权，是否由剩下的三方平分财产？"

"不，如果出现那样的情况，剩下的两个侄子得到的份额不变，而白俄人协会则会分到四分之二的遗产。"

说到这里，川田急匆匆地站了起来，鬼贯见此光景，便知道自己再也问不出什么来了。

提到安东让佩特罗夫老人不满意的地方，应该就是他所说的与广东女性结婚的问题。那么，另外两个侄子的情况又如何呢？

川田恰好存有亚历山大的工作地址，鬼贯便把它要了过来。

2

走出大广场，鬼贯绕着圆周的右侧前进，顺着电车轨道一路走向山县大道。亚历山大·塞尔盖维奇·佩特罗夫就在面向大道的贝罗鲁斯卡娅·兹维茨达制药公司担任事务员。那是一幢外形庄重，但却显得缺乏活力的五层建筑，或许是因为鬼贯顶着太阳走来，他觉得接待室里也是一片阴郁。

等了一会儿，亚历山大就走了进来。他也长得身材矮小，肩膀宽阔，与安东有着几分相似之处。若把他堂弟脸上冷酷和细致的神情抹去，再添上一抹忧愁的阴影，就成了亚历山大的面容。他今年二十八九岁。

二人刚结束问候，鬼贯还没说出造访目的，亚历山大就低头避开了他的视线，这一举动虽然与安东的反应截然不同，却同样让鬼贯感到厌烦。再一看，亚历山大额际还布满了阴云。

"伊万·佩特罗夫先生昨天去世了，是被人用手枪一枪射中心脏而死的。"

鬼贯单刀直入地这么一说，他马上做出一副努力想有所回应，却又不想让人看出自己在努力的可怜模样，这让鬼贯感到非常不自然。他为何要如此胆怯呢，鬼贯觉得亚历山大的态度十分可疑。

这里面肯定有内情。莫非这个年轻人早就得知老人的死讯了吗？想到这里，鬼贯毫不犹豫地继续说道：

"话说回来，亚历山大先生。你叔父最近似乎因为某些特殊原因，要把遗嘱上关于你的那部分做些修改啊，你知道这是怎么回事吗？"

"这、这个……我一定要说出来吗？"

他带着哭腔，眼神哀怨地问道。见鬼贯并不说话，只用力点了点头，便似乎放弃了挣扎，咬紧下唇道：

"其实，我与一位名叫娜塔莉亚的女性，她的全名叫娜塔莉亚·伊娃诺夫娜·帕克尔，缔结了婚约。可是，她的双亲分别是拉脱维亚人和法国人，因此她是个混血儿，伊万叔父就是因为这个原因，从一开始就不同意我们俩的婚事。叔父他人虽然很好，但却非常顽固，一心认为只有自己认定的事情才是对的，所以，我们俩的婚事就一直拖到现在都没个结果。你应该已经知道了吧，如果我和娜塔莉亚结婚，就会丧失巨额遗产的继承权。像我这样的公司小职员哪里舍得放弃叔父的遗产，毅然决然地与他觉得不满意的对象结婚呢。虽说如此，我同样无法和深爱的娜塔莉亚分开。导致现在我们已经订婚快两年了都没有进一步的举动。叔父前不久吩咐我，在十月十日，也就是今天的下午六点到他家去，应该是为了给我下最后通牒吧。可是，鬼贯先生，我绝对不会杀死叔父的。请你不要误会我，我绝对、绝对不会……"

不断积聚起来的感情终于抑制不住，年轻人的哭腔越来越重了。

"更何况，警部先生，我还有不在场证明呢。是非常明确的不在场证明……"

无论是东洋人还是西洋人，不都会在素不相识的外国人面前收敛自己的感情吗？鬼贯认为，眼前这个男人似乎试图用夸张的演技欺骗他。

"那么这样吧，亚历山大先生，你不要这么害怕，只要把你的不在场证明尽量详细地说出来就好。"

听到鬼贯平静的语调，对方似乎也稍微镇定了下来，他换了个不那么僵硬的姿势，开始陈述。

"叔父去世那天，我刚好去旅顺了。"

旅顺在俄语中的发音是"Порт-Артур"，那是直接根据英语的"Port Arthur"音译过来的。但亚历山大却把那个音发成了"帕尔塔尔特尔"，这让鬼贯乍一听有些反应不过来。

"昨天天气非常好，所以我和娜塔莉亚决定实践我们计划了很久的旅顺旧战场参观之旅。我们八点半坐上巴士，到旅顺时是十点左右吧。随后，我们步行到了东鸡冠山。其实，我哥哥尼古拉就住在旅顺，本来打算请他给我们当向导的，但因为是突然造访，发现他刚好不在家，于是只能两个人随便走走了。因为我们是第一次去旅顺，旁边又没有人介绍，所以走得完全不得要领，不过，我们还是从东鸡冠山走到了俄军牺牲将士纪念碑，随后又到了博物馆,最后就乘坐巴士回家了。你只要问问娜塔莉亚,就知道我没有说谎了,如果你还觉得我的证词不太可信,我们还在北堡垒中国人的地摊上买了炮弹的碎片作纪念,所以你可以去问问他。之后,我们还在博物馆入口要了介绍馆藏的小册子,那里的日本女性应该也能替我证明。"

"原来如此。那么,下午两点到四点之间,你们在哪里呢?"青年的眼神突然严肃起来。

"我们当时应该刚从东鸡冠山上下来,打算到博物馆去。"

"回程的巴士是几点发车的?"

"晚上七点半。"

亚历山大此时仍是一副坐立不安、心烦意乱的样子。

看来,为了验明他的证词,自己有必要到旅顺去一趟了,不过明天是佩特罗夫老人的葬礼,所以还是后天再去吧。鬼贯想到这里,又看了看对方的眼睛。

"亚历山大先生,由于你叔父今天要接受司法解剖,所以葬礼定在了明天,我想问问你,葬礼第二天,也就是后天能跟我一起去一趟旅顺吗?其实我并不是怀疑你,只是觉得有必要验证一下你那天的行动。所以请你不必紧张。"

说完,他又突然加了一句:"安东先生也从哈尔滨赶过去了哦。"但亚历山大似乎早已知道此事,并未露出惊讶的神情。

"安东其实也被叔父警告过。我看啊,叔父是想把我们几个叫到一块,好好说教一番吧。他在给我写的信上就是这么说的。"

"你身上还带着那封信吗?"

亚历山大把手伸到口袋中，掏出一个对折起来的米白色信封递给鬼贯。鬼贯展开一看，那是一封用复写纸写就的俄文信件，除了寄信人的署名之外，还用钢笔写上了亚历山大·C.佩特罗夫先生的字样。想必佩特罗夫老人还把同样的两封信分别寄给了另外两个侄子吧。信的内容十分简洁，只写着"十月十日下午六时务必前来"这寥寥数语而已。

鬼贯把信还给青年，又拿出自己的记事本继续询问道：

"亚历山大先生，我想先到娜塔莉亚小姐那里确认一下你的证词，能请你告诉我她的住址吗。"

青年带着几分不安的表情说出地址，鬼贯一一记录在记事本上。这名青年生性不擅长掩饰自己的表情，因此养成了坦率却怯懦的性格，虽然这种先入为主的观念非常危险，但鬼贯还是认为他不可能是凶手。

"娜塔莉亚小姐家有电话吗？"

"没有。"

"那我只好直接登门拜访了。"

虽说如此，鬼贯问这个问题的本意却是想确认在他突袭之前，两人有无可能先用电话对好口供。不过，若凶手真的是亚历山大，他肯定早就跟娜塔莉亚商量妥当了。

鬼贯又借了张娜塔莉亚的照片，与仍旧满脸担忧的亚历山大道别后，走到了大楼外面。穿过走廊时，墙上手持维生素药剂的海报美人纷纷向他抛洒蒙娜丽莎般的微笑。

3

鬼贯在楼外恰好遇到空着的出租车，便趁势跳了上去，向樱町一路疾趋。时间已是下午十二点半，他却浑然不觉自己错过了午饭。这也足以证明早上吞下那三人份的面包是正确的决定。

穿过挤满了趁着午休出来散步的公司职员、显得热闹非凡的商业中心，出租车一路向大连东部的南山麓开去。曾经被煤烟熏得脏兮兮的商店街不知何时已变成了住宅区，人行道上到处都是中国鱼贩子和菜贩子，在用奇怪的日语招揽生意。虽说离围炉取暖的季节还有一段时间，但烟囱清扫工人已经站在街角，顶着一张故意用煤烟涂黑的脸等待客人来临了。面对即将来袭的严寒，大陆的秋天总是在一片忙碌中透出几分悠闲。

出租车转了个大弯，进入中等住宅区。左侧是一排西洋风格的建筑，右侧则是一个足可称为湖泊的大池塘。每年冬天，人们都会在上面溜冰戏耍。池塘另一边是一串三四十米高，连绵起伏的小山丘，虽然规模很小，但还是让鬼贯联想到过去从友人那里收到的瑞士三色版明信片上的风景。水面上漂浮着一群群水鸟，山腰上成片的地锦和枫林红得正艳。

正当鬼贯陶醉在这幅充满异国风情的画面中时，出租车向左拐过某个街角，不一会儿就停了下来。

帕克尔家的房子与那些临街的宅邸不同，是一幢小巧玲珑的建筑，走进低矮的石门，有一条水泥小路一直通到玄关门前。小路两端各有一个十坪①左右的小院子，饰有花纹的花坛上正盛开着娇美的雏菊。走上两段贴有仿红砖瓷片的阶梯，右边有一扇淡黄色的大门，一块黄铜制成的铭牌上印有几个俄语名字。

鬼贯按下门铃，马上有一名五十岁前后、白白胖胖、面容慈祥的妇人迎了出来，她看到鬼贯的名片似乎吃了一惊，但还是耸耸肩，把他让进了客厅。

家中十分安静，秋日的寂寥似乎渗透到了屋内。鬼贯在等待时饶有兴致地观察着房间四周价格低廉但品位高雅的装饰物。不久，他的视线落在了与这个房间非常相衬的皮埃尔·拉普拉多的风景画作旁边那幅人物照片上。

那是谁呢，莫非是这家的主人吗？不过这样的装饰方法也太夸张了。难道是已故之人吗？看样子也不太像。照片里的人物白发白须，一副干净利索的样子……书架上的六英寸照片好像也是拍的同一个人。他看起来有四十多岁吧。看身上的军服，似乎是少将军衔。但面部轮廓却稍显纤细，似乎不太像是行军打仗的人……

此时，一名年轻女性走了进来，鬼贯连忙站起。只见该名女性身穿一袭绿色午后装束，与一头褐发显得十分和谐。女子身材娇小，只有二十三四岁左右。一张小小的脸上有两个大大的黑眼睛，唯一的不完美之处就是眼间距过大，但这么一张脸反而比一般的漂亮女孩显得更有魅力。

娜塔莉亚·帕克尔不苟言笑。她用戒备的眼神死死盯住鬼贯

---

①坪，土地或建筑物的面积单位，一坪约为三点三零六平方米。

与之对峙，一言不发地等他先说话。仔细看她的鼻子和脸型，似乎与照片中的人物有几分相似。

"你知道伊万·佩特罗夫被人杀害了吗？"

如此直截了当的问话，也没能让她的表情稍作改变。一双大眼睛依旧死死盯着鬼贯的脸。这样一来，即使是温厚君子性格的他，也感到了一丝反感。看她这般冷静异常的态度，想必与亚历山大一样，知道一些内情。

"我来是想向你确认一下，佩特罗夫老人遇害当天，亚历山大先生都在哪里，做了什么。"

鬼贯本以为她会马上陈述不在场证据，但娜塔莉亚并没有上钩，而是用澄澈悦耳的声音反驳道：

"警官先生，您还没告诉我佩特罗夫老先生是什么时候去世的呢。"

"哦，我都给忘了。"

鬼贯苦笑了一下。

"那是十月九日，也就是昨天下午三点前后发生的事情。"

"请问警官先生，亚历山大现在被怀疑了吗？"

在她客气的谈吐中，暗含着一种紧绷的情绪。

"其实我对每个人都抱有怀疑，毕竟日本有句俗话，叫'路见生人皆盗贼'。虽然有些微妙的差异，不过俄国也有这么一句谚语'Люби Ивана,а береги кармана①'。难道不是吗？"

---

① 直译过来就是"爱伊万，也要看好自己的口袋"，即"不可过于信赖他人"之意。

"如果亚历山大说不是他干的,那一定不是他干的。"

"不过我还是要对每个人都询问一番。"

鬼贯耐心地重复着。娜塔莉亚似乎被他毫无感情的话语冲淡了心中的戒备,稍蹙眉头回答道:

"我们那天在旅顺玩了一天。若警官先生心存怀疑,大可实地调查一番。当地一定有人记得我们的。"

"我总归是要去一趟的。"

紧接着,他依旧用不带任何感情的语气,提出了另外一个问题。

"伊万老人为何不喜欢你呢?"

"亚历山大没有对您说过吗?"

"这你不用管,只要说就是。"

鬼贯稍一加强语气,她便轻易折服了,娜塔莉亚原本应该是个性格懦弱的女孩子。

"那位老先生一心想推翻红色政权,建立一个由白俄人领导的、为俄国流亡大众造福的资本主义国家。为此,他常把大俄罗斯主义挂在嘴边,并时常担心流亡各国的白俄人会失去自己纯正的血统。从这个见解出发,老先生自然是从一开始便强烈反对亚历山大同我这种混血儿结婚了。正因为如此,我们订婚整整两年都未能成婚。即便如此,我还是不认为亚历山大会做出那种可怕的事情来。因为他真的是一个温柔的人,是那种在盛夏的艳阳天下行走,见到路上有只蚂蚁都会绕开,以免伤害到它的人啊。要是对那么温柔的人抱有怀疑,那绝对是警官先生您判断有误。"

娜塔莉亚说着,双眼依旧死死盯住鬼贯的瞳孔。

鬼贯感到莫名的气闷。眼前这名女性眼中发出的光,似乎要让他窒息而死。实在忍受不住,他只得转过头来。于是,他就保持双眼盯着刚才那张照片的姿势继续询问道:

"那是你父亲吗?"

"是的。"

"他好像是一名军人啊。"

"是的。"

"他还好吗?"

对方迟迟没有回应,鬼贯转过头来,看到了意想不到的一幕。只见娜塔莉亚正强忍住抽泣,用手帕擦拭眼角。她的肩膀和身子都在微微颤抖着。

这下鬼贯可伤脑筋了。他不知该如何是好,内心一直后悔自己不该问多余的问题,又再次感叹女人真是麻烦,对自己和娜塔莉亚都气得不行。

过了一会儿,娜塔莉亚才总算擦干泪水,一双大眼睛水汪汪的,比刚才漂亮了不少。那一阵哭泣似乎还把她的妆容也冲掉了,因此娜塔莉亚最先做的事情,就是看着鬼贯的脸,害羞地微笑起来。

"每当有人问到父亲的事情,我一定会变成这样。父亲是拉脱维亚人[①],想必您也知道吧,那是波罗的海沿岸的一个小国家。

[①]拉脱维亚曾是前苏联成员国之一。

父亲就是在那个国家的首都里加长大的。父亲长大后加入军队，一直升到了少将军衔，他在大革命时曾与现在夏家河子定居的谢苗诺夫①将军等人一同奋战于西伯利亚战场。因为这样的原因，父亲理所当然地非常厌恶苏联。可是，父亲上了年纪之后就开始想念家乡了，经常一睁眼就开始念叨，想在有生之年重新踏上拉脱维亚的土地，再看一眼里加城，不过这种愿望无论我们再怎么努力都是无法实现的，所以也没办法安慰他，顶多只能让他分散一下注意力而已。后来，父亲终于难以忍耐，瞒着我们跑到大广场的苏联领事馆去自首，归顺了苏联政府。面对那个意料之外的事态，我和母亲都大吃一惊，但当时已经无力回天，只觉得父亲被逼无奈做出此举实在可怜，我和母亲两人只得整日以泪洗面，父亲也一直孤零零地待在家里。终于在前年秋天，他独自踏上了归国的旅途。我和母亲因为考虑到邻居的想法不便相送，只能在门外与出租车里的父亲道别。当时我透过车窗看到父亲的脸因为悲伤而皱在一起，自己也忍不住泣不成声。后来听别人说，有三名苏联领事馆的工作人员到大连站把父亲送上了火车。从那以后，我和母亲都顾虑周围邻居的目光，不怎么出门了，家中也变得无比冷清。父亲偶尔会寄来一些书信，但毕竟不能在信中畅叙心怀，只能从字里行间读出父亲如今一切安好，这就是我们唯一的安慰了。佩特罗夫老先生之所以不喜欢我，除了我是法国人与拉脱维

---

①作者注：谢苗诺夫将军在二战结束后，于莫斯科接受了死刑判决，其后被绞死。译者加注：谢苗诺夫是俄国外贝加尔省人，于一九一七年至一九二〇年间担任贝加尔湖地区白俄领袖。一九二一年九月被迫逃亡，一九四六年八月二十九日被执行死刑。

亚人的混血儿之外，父亲的行为想必也让他感到无比憎恶吧。"

娜塔莉亚说完，再次轻轻擦拭眼角的泪水。鬼贯联想到那个父女离别的场景，不禁一阵唏嘘。无奈他口齿笨拙，不知该如何安慰这可怜的女孩，只得逃也似的离开了那个家。

秋日的天空高远清澄，随处可见红蜻蜓上下翻飞，但鬼贯的心情却无法像那片天空一样晴朗。他想深深吸一口清爽的空气，却感到胸口一阵疼痛。不知为何，他想到了暂时挥别故土，又重新回归苏联怀抱的音乐家谢尔盖·普罗科菲耶夫[①]。

[①] 谢尔盖·普罗科菲耶夫（1891-1953），前苏联作曲家，曾被授予"斯大林奖"，死后被追授"列宁奖"。俄国十月革命后，由于国内环境艰苦，谢尔盖于一九一八年离开俄国到了美国，经过短暂停留后又辗转到了法国并成家立业。一九二七年，由于思乡之情甚浓，他第一次回到苏联，其后一直来往于巴黎和莫斯科之间，一九三六年，谢尔盖正式定居莫斯科。

尼古拉　提供不在场证明

鬼贯回到沙河口警察署后，马上会见了佐田医生。

"死者三十分钟前刚在满铁医院完成了解剖。"

医生或许是因为早上的寒冷而染上了风寒，连说话都带着鼻音。

"尸检并未发现新的线索。子弹的发射距离果然是一米左右，从死者身上取出的子弹已经交给鉴证科去调查了，那是从点二五口径的勃朗宁枪里发射出来的。唯一的收获就是缩小了犯罪的大致时间，现在已经确定是下午两点半到四点半这两个小时之间了。"

这一行凶时间范围在后来又进一步被缩小了。

向佐田医生道过谢，鬼贯看了一眼墙上的时钟，现在刚过三点。他马上就要出发去旅顺，调查亚历山大的兄长——尼古拉·塞尔盖维奇·佩特罗夫的不在场证明了。现在时间还很充足，于是他喝了一口滚烫的粗茶润润喉，休息了一会儿才重新站起来。

鬼贯在常盘桥下了电车，看到大连站正一身茶色装扮，映衬在北方的天空之下。该车站的外形酷似日本的上野车站，但内部设施却与日本车站不尽相同。整个车站分为两层，下层是到达大厅，上层是出发大厅。

此时开往旅顺的六百零九次列车正好开始检票，鬼贯便径直走到了站台上。旁边的站台上停着一辆从瓦房店开过来的柴油车，鬼贯透过车窗，像看无声电影一般，呆呆地眺望着下车的人群。

十六时零八分，列车在发车的铃声中启动。车厢内坐满了提前下班的小职员们。列车开过警察署所在的沙河口站，不一会儿就看到左侧出现一座铁路工厂。引入工厂的专用轨道上停放着一辆辆正在上漆的货车和客车，巨大的工厂里回响着铁锤和起重机发出的噪音，呈现出一幅热火朝天的图景。

列车缓缓加速，车窗外出现了沐浴着秋日午后阳光的大片田园。在小山丘和干枯的高粱地里，竖立着日本药品以及各种在日本根本看不到的烟草的牌子。鬼贯曾数次在北满的荒原上驰骋时，看到让他亲切无比的日语广告。列车右侧的农田另一头，有一条连通大连和金州的金大公路与铁轨并行。

经过周水子站不久后，就能看到通往新京、哈尔滨方向的满铁本线，那条铁路拐了个接近九十度的大弯，一直向北延伸过去，不一会儿，鬼贯乘坐的旅顺方向列车就穿入了一片金合欢树林，满铁本线也就消失在了他的视野中。

车窗外不断重复着丘陵和杂树林的风景，就在鬼贯快要觉得无聊起来时，随着列车的一声汽笛，右侧的丘陵顶上开始出现象征着避暑地的白色别墅。列车沿着丘陵底部划了一条柔和的曲线，眼前顿时开阔起来，一大片铅白色的浅滩出现在鬼贯的视野中。列车此时又缓缓减速，不一会儿就进入了夏家河子站的站台。站长佩戴肩章，绣着金丝边的红色制服缓缓滑向后方。少年站员连声大叫着站名来回走动。虽然已经过了旺季，这里还是有许多乘客下车。

列车发车后不久，左侧就出现了通往佩特罗夫宅邸的山谷入口。紧接着，悬崖顶上又出现了另一座宅邸，那就是娜塔莉亚提到的谢苗诺夫将军的住所。

不一会儿，海岸线就消失在了北方的地平线上，周围再次出现单调重复的风景。经过龙头站，暮色突然浓厚起来，最后，列车终于到达了旅顺。

鬼贯在车站前拦下一辆马车，向新市区疾驰而去。马车经过动物园、图书馆、旧关东州政府，在青叶町停了下来。鬼贯走下车，一眼就看到了尼古拉的住所。那个有着巨大穹顶的建筑是专门用于饲养鸟类的笼子。尼古拉是满洲著名的业余鸟类研究家。

巨大的鸟笼旁边还建有一座同样巨大的温室。正当鬼贯伫立在那座建筑物门前时，温室大门突然被打开了，从傍晚的雾霭中走出一个身着白色罩衣的男人。鬼贯一看便知那是尼古拉，便走了过去。

虽说尼古拉兄弟长相非常相似，但眼前这位年仅三十四岁的兄长却顶着一个只剩下一圈短毛的秃头，看起来足有五十前后。鬼贯递出名片。尼古拉瞥了一眼，露出早有准备的表情，但还是用流畅的日语假意问了一句："你找我有什么事吗？"

"你叔父伊万·佩特罗夫在昨天下午三点前后被人杀害了，因此我想来向你询问一下情况。"

鬼贯也用日语回答道。面对他的问题，尼古拉谨慎地选择用词，用缓慢的语速回答：

"方才鄙人接到舍弟与堂弟发来的电报，着实吃了一惊……"

他中途突然停了下来,眺望着即将消失在远方地平线下的夕阳。

"多彩的人生……虽然很想这么说,但叔父的人生只能说是单调的灰色。不过这也是我们这些旁人的想法罢了。他本人或许认为那样就很好吧。他是个顽固的老人,自己明明如此痴迷于经济学的研究,却一点都不能理解我做的这些研究。哎呀,你看看我,怎么能对初次见面的客人发牢骚呢……"

说完,他仰天大笑起来。随后他便走在前面,领着鬼贯到了自己的住所门前。看到那竟是一座东倒西歪的简易水泥小屋,连鬼贯也不禁大吃一惊。

"鬼贯先生,你是否觉得我在骨子里也与叔父一样,是个不折不扣的怪人呢?"他麻利地准备着茶具,又辩解一般继续说道,"因为我的研究实在是太费钱了,所以只能连自己的住宿费都节省下来填补那边的空缺。正因为如此,我既娶不到老婆,也请不起用人,甚至在来客人的时候,也只能由我这个一家之主亲自给你泡茶了。不过,叔父对此却非常不屑一顾。在他看来,我的研究根本就是儿戏吧。因此,他经常劝我尽快放弃这些无聊的东西,早点儿结婚为佩特罗夫家生个继承人。"

尼古拉突然变得多话起来。可是在鬼贯看来,他如此饶舌完全是为了掩饰心中的愧疚。

"话说回来,你有几个孩子啊?嗯?还是独身?那真是太好了。原来你跟我是一伙的啊。独身其实真不错,首先,我们无须分心照顾家人;第二,也不必担心会被气得歇斯底里。哈哈。虽然他们都说什么女士优先，其实她们充其量只是生孩子的道具而已。不过我好久没有这么敞开天窗说亮话了，真是愉快至极，谁叫我们都是单身呢。每当看到那些整天跟在老婆屁股后面乐颠颠的男人们，我就觉得自己真是太幸福了。如果你喜欢的话，还可以在茶里添点柠檬哦。不然还是来点儿俄罗斯风味的果酱吧。对了，叔父因为我迟迟不愿结婚，就声称如果我不听话就不给我一分钱遗产。所以我有足够的动机杀死叔父。不过话说回来，我倒是真没干过那种残忍的事情。"

他突然回到话题的主旨，然后停了下来，一口气喝光杯子里的红茶。那些红茶在鬼贯看来也是十分美味的。他看着自己杯中的红色液体说：

"说得也是啊，这样一来你就有动机了。那么能请你陈述一下自己的不在场证明吗？"

"简直像侦探小说一样啊。其实我也很喜欢看侦探小说哦。虽然我们俄国没有侦探小说作家，但也从欧美翻译了很多作品，还有在《哈尔滨时报》[①]上连载的乱步作品《Чародей[②]》，那个也很有意思。"

这里的Чародей意为魔术师或妖术师。

"这样一来，你就是名侦探明智小五郎，而我则是冷酷无情的杀人魔。杀人魔制造了充分的不在场证明，制订了详细的杀人计划。哈哈。不过，那个连我都绝对无法拆穿的不在场证明真的

[①] 满铁发行的一份俄语报纸。
[②] 中文译名为《魔术师》或《飘忽不定的魔影》。

存在哦。因为那是货真价实的证据嘛。"

他一边站起来一边说，有些东西想让警官先生过目，然后带着鬼贯走到屋外，进入了方才那间温室。鬼贯刚走进去，一股让人憋闷的动物气味混杂着难以形容的芳香扑鼻而来。悦耳的鸣叫声和近乎噪音的鸟叫混杂在一起，听起来一片嘈杂。只见温室里悬挂着好几百个鸟笼，颜色、大小各异的鸟儿们一刻不停地从这根横木跳到那根横木上。一名临近中年，满脸麻子的中国助手正默默地照顾着那些小鸟。尼古拉温柔地注视着道路两侧的鸟儿们，同时不停地向内部走去。鬼贯也一直紧跟其后。

"鬼贯先生，这是我从南美带来的一对蜂鸟。在日本和'满洲'全境，也只有我一个人成功饲养了这种鸟。它们会像蜜蜂一样吸食花蜜，所以我还把那边的兰花也引进过来了。"

原来如此，鸟笼里的花盆中正盛开着几十朵美丽而艳俗的兰花，两只小小的蜂鸟如今正把尖嘴探入其中。那股浓郁得让人窒息的香味就是这些兰花散发出来的。

"为此，我还成了一个对南美洲的兰花知晓甚多的兰花通呢。在花谢的时候，我会给那对蜂鸟喂食果汁。然后再请看那边，那是我专门到新几内亚抓来的三种极乐鸟。不过，那当然都是在得到许可后才抓回来的。左边那只就是之前成为媒体话题的三宝鸟[①]，这种鸟在日本还一度引发过各种问题呢。不过那只是人们的普遍错觉，其实真正发出'佛法僧'这种叫声的鸟应该是红角鸮的一

[①] 该名称来自日本，因这种鸟的鸣叫声很像日语的"佛法僧"，故名。一九三五年发现此鸟鸣声实为另一种鸟（红角鸮的一种）所发。

种，而并非这种鸟。我曾经亲自到高野山用装有望远镜的红外线摄影设备拍摄了一系列影像，同时还用便携式录音机把它的叫声也录了下来，因为要进行这次旅行，我不得不忍痛把自己的钢琴给卖掉了呢。"

他说得兴起，还大笑着做起手势来，一不小心，指尖就把其中一朵兰花碰掉了。

"咦，那是什么呢。"

鬼贯问道。

"远望鹊桥，天河蒙霜，群星若雪，夜更深。[1]"

他突然流利地吟唱[2]起和歌，见到鬼贯吃惊的表情，便露出了调皮的笑容。

"那是无法产生色素的喜鹊。应该是一个异变的品种。不过大和的歌人吟唱的喜鹊应该是乌鸦才对吧。因为日本根本没有喜鹊，又或许，这首歌是在大唐境内创作的吧。如今只有福冈县境内有几只喜鹊，那还是丰臣秀吉出兵朝鲜时带回来的当地鸟儿的子孙后代呢。言归正传吧，鬼贯先生，我的不在场证明就是这个。"

尼古拉依旧嬉皮笑脸地说着，但他看着鬼贯的眼神中却多了几分严肃。鬼贯闭口不言，只等他说下去。

"昨天，也就是叔父被杀那一天，一个中国人跑来告诉我，附近有个百姓抓到一只雪白的喜鹊，问我要不要弄回来养，虽然

---

[1] 收录于《新古今和歌集》冬·620，作者为大纳言大伴家持。原文为"かささぎの わたせるはしに おく霜の 白きをみれば 夜ぞふけにける"。
[2] 这首和歌采取五七五七七的格式，一般在吟唱时会把最后的七七重复一遍。

我并不是十分想要，但还是决定过去看看。地点就在斯特塞尔将军和乃木将军会面的水师营村①西北方一个大户百姓家中。我早上十点出门，临近中午才到达那里，然后一直在他家叨扰到接近下午三点，这才走了回来。你刚才说叔父是三点前后被杀的，当时我正在农民家里做客，所以不在场证明是十分充分的。"

鬼贯心中感叹道，真不愧是鸟类学家的不在场证明。那只白色的喜鹊睁着红宝石般②亮晶晶的双眼，好奇地看着主客间的问答。

此时已是晚上七点半。现在离开，还不必担心会在伸手不见五指的地方迷路。

"那么，尼古拉先生，能麻烦你明天一早陪我到水师营一趟吗？还有，请借我一张你的近照。"

"好的，我知道了。这种事情就是要彻底弄清楚才好啊。还有，如果你最后打消了对我的怀疑，也请务必抓住真凶。我虽然对叔父的死感觉不到任何悲伤，但让凶手逍遥法外也会让我觉得不痛快。对了，你会说中国话吗？"

冷不防被问了这么个问题，鬼贯想也没想就用俄语回答道。

"Не понимаю. Почему？③"

鬼贯的满洲话，亦即北京官话顶多只能算是中等水平，远不

---

①日俄战争后期，俄军形势不利，双方决定于一九〇五年一月二日下午在水师营就投降问题进行谈判，并决定一月五日两军最高领导人在水师营会见。水师营原为清军水师驻地，后逐渐演变为村落。
②患有白化病的动物由于无法制造色素，瞳孔会直接呈现血液的颜色。
③"不会说，怎么突然问这个"之意。

到能说出口的程度。

"要说为什么，当然是因为能够证明我不在场证据的那个证人只会讲北京话啊。当然，我也可以给你现场翻译，不过要是由我来翻译的话，有可能会将证词篡改成对我有利的内容。就算我老老实实地翻译过来，你也一定会怀疑我从中搞鬼了。所以我认为，你最好带个既会说北京话又会说日本话的翻译来。"

鬼贯点点头，决定到夏家河子把王巡捕借来一用。

"好吧，为了不影响你明天参加葬礼，我会尽量早点儿过来。告辞了。"

尼古拉紧紧握住鬼贯的手，说了句朋友再见。正如他自己所说，尼古拉脸上完全看不到为佩特罗夫老人之死感到悲伤的神色。这跟安东的表现一样，但鬼贯却并没有在他身上感到与面对安东时一样的不愉快感。那是因为这位鸟类学家是用笑容来掩饰悲伤的性格。

尼古拉的要塞

鬼贯先回了大连一趟，第二天早晨与王巡捕在中途会合，乘坐第一班列车到达旅顺。他敲了敲尼古拉的陋室大门，对方早已准备就绪等着他们了。只见尼古拉身穿茶色长裤，米色羊毛上衣，白色衬衫上绣有青红二色的格纹，这样的装束衬上他发线后退的秃头，让人不禁觉得有些夸张。不过等他戴上呢帽后，整个人一下显得年轻了许多，摇身一变成了一个时髦的小伙子。

"好了，我们出发吧。"

鬼贯介绍过王巡捕之后，尼古拉充满自信地说着，带上两人出门去了。清晨的空气凛冽刺骨，三人都吐着白色的雾气。来到大道上，尼古拉伸手招呼道：

"马车！"

他拦下了一辆由白、栗两匹骏马打头，铺着干净坐垫的舒适马车。车夫用力一挥鞭子，马儿们便轻快地跑了起来。

"上哪儿？"

"水师营。"

尼古拉快速地说着。他的北京话比鬼贯预料中的还要地道。

穿出小镇，马车径直向北而去。走了一段，平坦的柏油路就变成了乡间小道。高高的白杨树顶端时而会出现一个由小树枝堆砌而成的喜鹊巢。若没有了这般光景，"满洲"的乡野就少了点味道。

田野间镶嵌着两三户人家组成的一个个小村落，每家人都像是约好了一般，拥有相同构造的房屋。首先是一圈一米高的围墙，有的是红砖砌成的，也有的是瓦片和黏土堆成的。里面则是一幢"U"字形的平房。这就是所谓的"房子"了。房间的构造是不变的，正面是主屋，分为客厅、餐厅和卧室。左右两翼则是仓库、厨房和马厩。建筑物中间的一片空地称为"院子"，每家人的院子里都一定会有一群家鸭在其中戏耍，马厩里也必定会传来驴子破锣般的叫声。这就是典型的"满洲"田园风光。

因为这样的光景随处可见，因此在北京话的初级会话集中必定会出现相关的对话。而鬼贯使用的快速入门教科书里也毫不例外地收录了类似的对话。

"院子里都有什么？"

针对这个问题，教科书里一般会出现"有鸭子""有狗"之类的回答。由此可以看出，这个乡间风景是多么常见。

关东州没有黑土地，那里无论农田还是道路都是单调的黄色。两匹马的八只蹄子和马车的四个车轮一路卷起漫天黄土。似乎被鬼贯的寡言少语传染了，连尼古拉也几乎没说过一句话。又或者，他正在心中策划待会儿该如何应对调查吧。

车夫轮流抽打着左右两匹马的脊背。也不知道马究竟痛不痛，反正只有那个瞬间它们会稍微加速一下。不一会儿，车夫又会挥动皮鞭，不过，他似乎是因为太无聊才会这么做的。

路边偶尔会出现几个大都会已经极为罕见的缠足妇人，用摇摇晃晃的步伐慢慢走着。也不知清朝的宫里人究竟觉得那种畸形的脚美在哪里。"

"你看，那就是水师营了。"

鬼贯以前也曾数次造访水师营，但从未像今天这样抄近路过来，所以要是旁人不提醒，他根本认不出来。经人这么一说，他确实觉得从围墙里露出来的那棵枣树有些眼熟，也看到了会见室的瓦房顶。看到这幅光景，他脑中突然闪过"庭中有棵枣树"这一小学时学到过的歌谣片段。

马车继续绕着水师营的后门一路小跑。眼前的一大片高粱已经结出了穗子。尼古拉探起身来给车夫指路，又经过了两三个小村落，他对车夫说：

"好，就在这里停。鬼贯先生，就是这里了。"

他轻快地跳下车去。只见一个五岁左右的小女孩听到马车的声音，开门跑了出来，她看到尼古拉，马上露出了笑容。

"我又来啦。你爷爷呢？"

他熟练地用中文询问，小女孩指了指自己家，紧接着就转身跑了回去。这种程度的对话鬼贯也能听懂。

鬼贯告诉车夫稍等一会儿，然后催促王巡捕下车。这家人的大门高大俗气，一看便知是个富农之家。

片刻，一个皮肤黝黑、白发白髯的隐居老人拉着女孩的手走了出来。老人拄着手杖，看起来就像画里的寿星公，精神矍铄得很。

"哎呀！你又来了，有什么事呢，在这里不便公话吧！请进来坐呀。"

老人笑容满面地说着，把二人引入室内。

"他刚才说什么?"

"就是打打招呼。'又来啦,有事吗,这里不方便说话,进来坐吧。'就是这个意思。"

巡捕的日语明显比尼古拉要差上一大截。

这家人的"房子"背后好像还建了"房子",看来是一个大家族吧。这恐怕就是典型的以老人为一家之主的中国式大族群。

他们被引入的客厅里挂着好几幅古老的书画,桌子上还装饰着青灰色的香炉,香炉里升起一缕轻烟,让来客感到心平气和。

他们落座后,老人先是客客气气地斟上了乌龙茶。尼古拉喝了口茶,就开始切入主题,王巡捕则磕磕绊绊地在一旁翻译。老人与尼古拉的对话就这样展开了。

"前些日子我不是到您家里来看喜鹊了嘛,我记得那天是八号吧,但这边这位日本朋友却一口咬定是九号。所以我们就打了个赌,看到底谁对谁错。"

鬼贯对他流畅的中国话感到惊讶不已,又想起昨天他吟唱的那首和歌,不由得认为此人是个富有语言天赋的勤学之人。

老人说的话带有这一带的口音,虽然同属北京话的体系,但话尾却带着很多"哪"或"呀",要是听不习惯很容易不明就里。

"哎呀呀,你们就为了这事专门跑到我们这乡下来了吗?那可真是辛苦几位了。不过啊,你确实是这个月九号来的哪。"

"是吗,我还以为自己是八号过来的呢。那我岂不是赌输了?老人家,该不会是您记错了吧?"

老人又堆起满脸笑容。

"不，是你赌输了呀。我孙女的生日就是八号，你是第二天中午才过来的嘛。"

他一边轻抚孙女的头一边说。

尼古拉有无能力说服这个木讷而富足的老人替他做伪证呢？应该不太可能。这样一来，就意味着他的不在场证明确实可信……鬼贯暗中思索。

"对了，那我是几点告辞的呀。"

"嗨，你这小年轻怎么记性这么不好呢？"

老人半开玩笑地说着，张开缺了几颗牙齿的嘴笑起来。

"就是刚过三点的时候嘛。"

听到这里，鬼贯认为尼古拉的嫌疑已经完全消除了。因为若在三点离开这里，是绝对不可能在四点半赶到案发现场杀人的。就算不拿出时刻表来对照，这一事实也是再明显不过了。鬼贯向担任翻译的王巡捕道了声谢。二人因为一大早就出了门，现在已经觉得有点饿了。鬼贯打算尽早回到旅顺市内，虽然届时应该还不到正午，但还是可以把午饭提前一些，慰劳慰劳自己。

三人匆匆辞别老人，再次乘上了马车。马车又一次摇摇晃晃地走在了单调的田间小道上。尼古拉问道：

"怎么样，你觉得我提供的证据可信吗？这下你总算相信，我绝对不会做出那种可怕的事情来了吧。"

"唉，尼古拉先生，其实你只要相信自己是清白的，也就不会在意这么多了不是吗？"

"嗯，你说得很在理。"

尼古拉仰天大笑起来,车夫听到那声音吓了一跳,赶紧回头查看发生了什么事。

新证言出现

1

与尼古拉道别后,鬼贯拿出时刻表查看,现在离九点五十分的列车还有一段时间,他决定先给三浦署长打个电话。等了五分钟左右,他便接通了警察署。署长说,不久前夏家河子派出所的平田巡警曾联系过他,说佩特罗夫事件有了新的线索,请鬼贯回程时顺便过去看看。署长还急促地说,那个线索搞不好还能让死亡推定时间更加精确一些。鬼贯听得不明就里,只得囫囵答应下来,随后又向署长报告了今早的调查结果。

鬼贯和王巡捕一起在夏家河子站下了车,却见尼古拉也从旁边的车厢上跳了下来。

"哎呀。"

他瞪大眼睛,马上又露出一排洁白的牙齿,笑着向他们走来。

"呀,原来我们是一路的啊。我这才看到你们。"

"其实我也不知道。你是去参加葬礼的吗?"

"是的,舍弟应该也到了。今天本来就阴云密布,偏偏赶上要参加葬礼,真是太让人沮丧了。"

尼古拉皱着眉头说道。不一会儿,三人走出车站,各自向不同方向离去。

秋风撩动榆树的叶片，带起一阵寂寥的沙沙声吹拂在他们身上。

北面的海岸一片昏暗。这要是在星浦，绝对不会有如此阴郁的光景……如此想着，鬼贯推开派出所的纱门，只见平田巡警和一个四十出头、蓬头垢面的日本妇人坐在里面，旁边还有一名十五六岁的中国少年。平田巡警见到鬼贯，猛地跳了起来，紧张地敬了个礼。

"烦您专程前来，给您添麻烦了。属下方才在电话中也报告过，这里发现了一些线索。这位是杂货店近江屋的女主人，而这小孩则是那里的店员。"

这些出身贫寒的小孩通常会早早与父母离别，到日本人家中做小工，或是寄宿在商店里当店员。一开始自然会因为语言不通导致沟通不便，但因为孩子们都很年轻，马上就能掌握日语，问题便能迎刃而解。更何况，比起从日本专门请个女佣过来，直接雇用当地的小孩能够节省许多开销。眼前这位孙姓少年已经在小山村的杂货店里工作了三年，懂得不少日语，但还是需要老板娘来帮他补充难以表达的部分。

根据少年的证词，前天他给佩特罗夫家送去了黄油和奶酪，怎知敲门过后，里面却传来了"今天不要，明天来吧"的回应。

"明明是自己订的商品，却说今天不要，让明天再来，想想都觉得很奇怪不是？不过那位大人总是会这么说，所以这小孩也已经习惯了。可能是送过去的时机不对，大人正在读书，所以才会被赶回来的吧。"

老板娘在一旁补充道。

"你确定那是佩特罗夫先生本人的声音吗?"

"绝对没错。我很熟悉那个人的声音。"

"那是几点发生的事情?"

鬼贯用柔和的语气和表情询问道,小店员回答是三点四十五分左右。

"你记得很清楚嘛。"

"因为我是五车上行刚离站的时候出门送货的嘛。"

所谓的五车上行,指的是夏家河子站十五时三十二分出发的六百一十次列车。

"你确定那是五车吗?"

此时老板娘又从旁插话道,小孩出门送货的时间是三点半,因此三点四十五分到达佩特罗夫家是很合理的。也就是说,若这个店员所说的都是事实,那么佩特罗夫老人就是在三点四十五分以后才遇害的。这对鬼贯来说,着实是个不小的收获。

小孩和老板娘离去后,鬼贯象征性地喝了一口巡警端出来的茶,随后便径直往夏家河子车站走去。车站前庭有个小亭子,里面只有冰冷的大理石桌,并无任何人的身影。天空布满了乌云,随时都会下起雨来。侧耳倾听,涛声比往常要响亮得多。这恐怕是大风大雨的先兆吧。鬼贯不禁想起了德国浪漫派诗人吕克特的《流浪者之歌》。

正当鬼贯放慢脚步,陷入如此感慨中时,前方传来一声招呼。他抬头一看,只见安东带着一名少妇出现在他面前,对方依旧挂着一脸精明的笑容。

"早上好啊，警官先生。"

"哦，早上好。葬礼还没开始吗？"

安东抬手挠着后脑勺，露出手上绿色的婚戒。

"我们定在下午举行了。因为我怕内人赶不过来。"

说着，他指了指身边的少妇。

"这位是鬼贯警部。鬼贯警部，这是我妻子郭运环。"

鬼贯轻轻握住她的手，这才仔细看了一眼少妇，忍不住瞪大了眼睛。或许每个与她初次见面的人都会做出鬼贯那样的表现吧，她想必也已经十分习惯对方的这种反应了。

这女人修长的身躯、丰胸细腰、紧实的肉体，再加上从肩膀延伸出来的线条柔和的手臂和长及背部的波浪形黑发。细描的黛眉和高挺的鼻梁一看就是欧洲风情，但小巧的樱唇和杏仁色的瞳孔却又带着浓浓的中国情调。虽说如此，她的美却不是亚欧混血儿那种不健康的颓废美，而是巧妙地融合了中国与欧洲特点的无与伦比的美貌。同时，仿佛是为了强调那些特征，一袭青瓷色旗袍完美地勾勒出了她迷人的曲线。

她并不轻易露出笑容。也不像别的女性那般做作。想必是已经充分认识到了自己的美貌吧。不过只要仔细端详她的鼻梁和唇线，就能看出这副身体里潜藏着感情丰富，热情如火的性格。

"内人因为旅途舟车劳顿，这才刚刚醒来，于是我便带着她来海边散步了。在这人烟稀少的海边静静地走着，说不定能忘却心中一些阴郁的情绪。"

言毕，二人辞别鬼贯，向海滨的方向走去。

2

　　海边。放眼望去只有他们二人而已。两人沿着海滩一路走来,在身后留下了两行足迹。男人四处张望,想捡块石头扔进海里,见到四周都是沙子,只得作罢。身穿旗袍的女郎走到一座沙丘上,面向茫茫的灰色海面坐了下来,男人也在她身边落座。男人额际垂下一缕发丝,但他并不去管,任由北风将其恣意逗弄。

"我问你。"

女郎看向男人。

"嗯。"

"你相信女人的直觉吗?"

她看起来面色苍白。

"不知道,看情况吧。"

男人好像在想别的事情。

"其实我啊……"

"嗯。"

话音里多了几分焦躁。

"我莫名其妙地有点担心。"

"担心什么?"

男人心中早已明了,却故意反问道。

"刚才那个人……我是说那个警部。千万不能对他大意。"

"你真这么想吗?"

男人心不在焉。

"是直觉。"

"唔。"

"别唔了,你倒是说点什么啊。"

"别担心,他……"

"他?"

女人催促道。

"不,总之你不需要这么紧张。就算不是……"随后,男人一口气说道,"真烦人啊,下午还要去参加葬礼。还不如回旅馆去睡一觉呢。"

男人躺倒在沙滩上。女郎则一动不动,茫然地盯着阴郁的天空。过了五分钟,又过了十分钟。

3

鬼贯再次通过检票口,走到站台的长椅上坐下,从袋中缓缓掏出时刻表。

从刚才那个小孩的证言中可以做出这么一个判断:夏家河子这地方除了海路之外,唯一的逃跑路径只能是乘坐火车。这样一来,不管凶手是逃亡旅顺还是大连,都只能乘坐十六时四十九分开往旅顺的六百零九次列车,或者那之后开出的任何一辆列车。

若利用海路逃亡到旅顺或者更远的营口,这个方法并非不可行,只是当日因为海潮的原因,有两个村子的渔民联合起来共同把地拉网拽回海岸,所以要想不被他们看到是不太可能的,因此海路可以不做考虑。

　　当天午后，鬼贯一回到警署，就马上打电话联系案发当天安东乘坐的新京开往大连的二十二次列车乘务员，结果被告知为了准备今晚二十二时三十分发车的二十三次列车，他们都各自回家或宿舍睡觉去了。鬼贯只得吩咐对方安排他们在发车前与他见一面，然后挂断了电话。

第二凯歌

1

到了约定时间，鬼贯准时出现在大连站对面的山城町列车区。他走上三段石阶，来到由红砖砌成，染满煤灰的入口处，只见那里挂着一块木牌，牌子上大大地写着"大连站列车区"几个字。向门卫说明来意，鬼贯马上被领到了一个房间里。那里似乎是员工的集会所兼食堂，屋子正中央摆放着一张做工粗糙的桌子，两端各有一排木质条凳。

不一会儿，几个乘务员半带好奇半带敬畏地走了进来。最前面那名青年径直走到鬼贯面前招呼道：

"我是担任列车专务的芦田。"

所谓的列车专务，相当于轮船的事务长，担任该职务的人必须拥有专科以上的学历，是个复杂而重要的工作。满铁的列车专务有一项特别待遇，就是定期发放免费的发蜡，因此眼前这位芦田专务也精心打扮了一番，身上带着隐隐约约的香气。

待一行人全部就座后，鬼贯开始简明扼要地向他们说明事件的内容，以及他此行为了验证安东不在场证明的目的，随后，又把安东的照片放在了桌上。乘务员们轮流传看照片，时不时地交头接耳，或是点点头，或是表现出一脸疑惑的样子。

"好了，警官先生刚才给大家看的那张照片上的俄罗斯人，有谁在新京站见到过吗？"

待照片传完一轮，芦田专务自告奋勇地当起了主持人，但他环视四周，却无一人应答。

"刚才警官先生说，这人一开始去的是卧铺车厢，别所君，当时对他说客满了的人应该是你吧？"

那名被称作别所、理着个光头，看起来老实巴交的青年回答道："卧铺车票在当天下午三点左右就已经卖完了，要是没有客人临时取消的话，是绝对不会有空床位的。"

"那么，你确定那个人真的是俄国人吗？"

"这个嘛，毕竟当时正是最忙的时候，再加上灯光那么昏暗，所以我也看不太清楚。如果说是，又好像不是，说不是，又好像是。不过我确实记得，那个人提着一个模样奇怪的格纹行李箱。不过我还是不能保证自己看清楚了。"

青年始终未做出确切的回答，看来是个十分谨慎的人。

"没错，自己都没个准的事情最好还是不要断言啊。对了，九号早晨负责验票的不是千叶君和堂岛君吗，你们两个有什么印象吗？"

被称为千叶的，是一名肌肉结实，看上去像个摔跤运动员的圆脸男人，被唤作堂岛的则是一个高个子，头发分得一丝不乱，戴着一副圆眼镜，好像随时都要唱起法国小调来的年轻人。

"如果时间是八点的话，我们当时正好行驶在烟台和张台子之间。嗯，那是几号车来着？"

"我怎么记得啊。"

堂岛乘务员似乎对自己的健忘感到很自豪。

"应该是八号车。在我和堂岛君验票的时候,照片上这个俄国人突然说自己的票丢了。他当时翻遍了身上所有口袋,就是找不到车票。遇到这种情况,按照规定必须让客人重新购买从他上车那一站起算的车票。于是我们就去找芦田先生印票,又给那位客人送了过去。"

"按照规定,如果乘客在下车后找到了当初丢失的车票,可以拿到车站去换回重新购票的钱,但为了向那位客人解释这条规定,千叶君可真是费了老鼻子劲了。毕竟他只知道车票和大连这两个俄语词汇啊。后来我们硬是靠手势给他解释明白了。"

堂岛乘务员手舞足蹈地再现了当天的场景,引来一片笑声。

"原来那是俄国人啊,我在辽阳验票的时候,对他说了句'Show me your ticket please',结果他回了句'Oh yes',害我还以为他是美国人或英国人呢。"

另一位名叫远藤的乘务员说道。他是个小个子青年,额头上垂着几缕刘海,说起话来老实稳重。

"我说你啊,那怎么可能是英国人呢。俄国人和英国人的区别简直就跟黄瓜和茄子的区别一样明显嘛。这个俄国人根本就是个典型的斯拉夫人种啊。"

堂岛乘务员反驳道,芦田专务则在一边自言自语似的反省道:

"也对啊,我们应该学点俄语才行。光把重点放在英语和汉语上,反倒把俄语忽略了,这不太好嘛。"

"的确如此啊,毕竟超过七成的外国乘客都是俄国人嘛。"

看起来像个老好人的福江乘务员眯缝着眼睛接话道。

"刚才警官老爷这么一提我记起来了,当时俺曾给二等车厢一个肚子痛的乘客送过药,确实看到了那个俄国人和另外一个俄国人在小声谈话来着。夜行列车俺睡不着啊,所以记得很清楚,那是刚出了新城子站的时候。"

一个叫郡司的二等车厢服务生用带着大阪腔调的方言证实了安东确实和多尔涅夫交谈过。

"是谁帮这个人发电报的?啊,对了,是本间君吧。"

本间君就是那个带着近视眼镜的长脸青年。

"那是一封英文的加急电报,内容我记不太清楚了,大概就是'请告知今日竞赛结果,二二'吧。那个'二二'应该是方便对方回电而附上的列车番号。后来我就在大桥站下车,请那里的站员帮忙把电报发了,我记得很清楚,那个人就是照片上的男人。那个黑白格纹的皮箱当时就放在他头顶的行李架上。"

"对啊,那个箱子确实非常罕见。我在开到石河站附近时刚好打扫到他那里,一眼就看到了那个皮箱。不过我见到的俄国人感觉年纪要大些,具体记不太清楚了,但是我对那个箱子倒是印象深刻。"

另外一个名字叫原的壮硕服务生说道。

"总之那个行李箱真不错。就算小偷想偷走,也怕那东西太显眼了容易被发现。完全看穿了敌人的心理啊。"

"我在车厢里卖苹果的时候也看到行李架上的那个皮箱了。"

用流畅的日语插话的是负责车内贩卖的谢姓青年。因为常年饱食中华料理，他看起来又白又胖，油光水滑。

"那是什么时候的事情呢？"

芦田专务问道。

"是出了金州站之后。"

在车内进行贩卖的苹果就是在金州站装运上去的。那附近有许多苹果园，大部分都由日本人负责经营。

这时，那个名字叫原的服务生突然想起了什么，对鬼贯说道：

"也不知道是不是本间君发出去那通电报的回电，反正我接到了一封发给这个俄国人的电报，就给他送过去了。我记得电报是在周水子停车时接到的，然后在到达沙河口车站前，我就在车厢的连廊上把电报交给他了，应该就是这个人没错。是在八号车厢的连廊。"

"你看了电报的内容吗？"

"因为不是亲展电报，所以我稍微看了一眼，那上面只写着一串四位还是五位的数字。"

"除此之外，还有别人见到过这个俄国人吗？"

芦田专务再次环视四周，因为开车时间逼近，这个形似座谈会的聚会被迫结束了。鬼贯将笔记本收入口袋后，站起身来。

"我们吃完饭马上就得到车站进行点名和服装检查。然后还要到铁道神社参拜，祈祷本次行车安全无阻，最后还要在发车前一小时到达执勤岗位。"

芦田专务把鬼贯送到门口，如此说道。

鬼贯慢慢走向电车的停车点。通过刚才的小聚会，他结识到了意气相投的乘务员,还了解到了他们生活的一个侧面,感到十分愉快。

他看了看时钟,时间还十分充裕,于是他决定拜访星浦的塔伯尔斯基,把安东的不在场证明一直追查到最后。带着这样的想法,他坐上了开往海边的电车。

2

与此同时,在星浦亚历山大家的一个房间中。亚历山大和他的未婚妻并肩坐在沙发上。女人任由男人抚弄她染着樱花色指甲的手指说道:

"亲爱的。"

那是犹如姐姐爱护弟弟般温柔的嗓音。

"嗯?"

"不要担心。"

"我知道不必担心……"

"我会跟你一起去的,别害怕。"

"可是……"

"可是什么呢?"

她的语调听起来像在哄小孩。

"那个鬼贯警部好像比我们想象的要聪明许多。"

"这一点我也承认。不过只要你表现得自然一些,就不会有事的。"

"但我实在没有自信。"

女人看似叱责地鼓励道:

"千万不能说那种丧气话哦。老天爷也会站在我们这边的。"

塔伯尔斯基一家住在旅大公路左侧的一个公园里。那座私人宅邸看起来威风凛凛,据说在被他买下之前一直是某个比利时贵族的居所。鬼贯还曾听说,那个贵族在北满的扎兰屯抓到过一只小狗熊,被他当成了宠物来饲养,后来小熊越长越大,野性也渐渐显露出来,害得那位比利时贵族在回国时一直找不到人来收养它。

鬼贯站在玄关,听到宅中传来李斯特《匈牙利狂想曲》的夸张演奏。他向前来应门的女佣说明来意,不一会儿,钢琴声就停了下来,又过了几分钟,鬼贯终于坐到了塔伯尔斯基对面。

从他鼻梁的形状来看,此人似乎属于希伯来的高等游牧民族血统,看来,房间中令人憋闷的气氛是由主人庞大的财产和过剩的精力共同营造出来的。眼前这个人应该还不到四十岁吧。

塔伯尔斯基现在不太高兴。他原本是个待人接物都能给人留下好印象的男人,但不巧的是,他刚与夫人大吵了一架,且夫人还在盛怒之下摔门而去。他刚才之所以用如此猛烈的情绪弹奏狂想曲的高潮部分,并非自己向来就如此理解那个曲子,而是为了发泄心中的郁愤。

为此,他如今正用一副来得真不是时候的表情看着鬼贯。若是换作平时,他一定会用微笑来接待客人,但只有今天,他无论如何都做不到。

他把警部看上去充满智慧的宽额头，与自己完全不同、显得线条完美的鼻梁以及给人一种性格顽固之感的下颚从上到下看了个遍，这才缓缓开口，回答对方提出的问题。

"那个情况的确属实。如果我看到的不是安东，那就只能是化身为安东的幽灵了。总之，与我一同从那辆列车上下来，又与我热情拥抱问候，一起交谈、散步，一起饮酒行乐的，就是那个安东·佩特罗夫。我没有任何理由认为那不是他本人。"

待对方一口气说完，鬼贯心想，他何必表现得好像我跟他有仇一样呢。想到这里，他决定早早结束与这个鹰钩鼻的谈话。

如此一来，安东提出的不在场证明就变成了确切无误的事实，犹如一座铜墙铁壁的要塞，矗立在了鬼贯面前。

同日傍晚，隶属于大广场警察署的小野巡警仰面朝天地躺在单身宿舍崭新的榻榻米上，穿着一身邋邋遢遢的便服，悠闲地看着晚报。报纸在头版头条用初号字醒目地打出了佩特罗夫事件的标题，又用整整三个版面详细叙述了事件内容。在被害者佩特罗夫老人的照片边上，还刊登了像是在海滨旅馆拍到的安东的快照，他看到那张照片，心中一个激灵，马上发现那是他九号结束夜间巡逻时，在大广场的长椅上看到的那个男人。他对比着记忆中那个男人的外貌和报纸上的快照，很快就跳了起来。

"这可得向上头报告一下。"

他低声喃喃着，穿上拖鞋向电话间走去。小野巡查拨通上司的电话，用略带兴奋的语调通报了自己在广场的长椅上看到貌似安东的男人与一名俄罗斯妇人见面的事情。

亚历山大的要塞

1

第二天早上八点刚过,鬼贯就推开了位于常盘桥的旅大长途车候车室的旋转门,彼时亚历山大已经到达,身边还坐着娜塔莉亚。

"鬼贯先生,早上好啊。"

"哦,早上好。咦,娜塔莉亚小姐也在啊。"

她身穿红豆色的女式西装,外面还披着一件大衣,神情与前天大不相同,正露出一脸爽朗的微笑。

"是的,我也想与二位一同前往。毕竟上回好不容易去一趟,却没有人给我们带路,走得一点头绪都没有啊。今天算是顺便,希望能得到警官先生的指教。"

亚历山大身穿雪花粗呢散步服,戴着一顶绿色的呢帽,也是一身休闲的打扮,他也像变了个人似的,显得精神振奋。他故意做出开朗的样子,或许是为了将佩特罗夫宅邸的葬礼中带出来的那股阴郁气氛一扫而空吧。外面晴空万里,与昨天截然不同,是个远足的好日子。两人的开朗神情不知何时也感染了鬼贯,让他几乎忘却这次的旅顺之行与阴惨的杀人事件有所关联。

不久就要开车了,人们纷纷乘上大巴。

三人来到最后面的座位上并排坐下。

柔软的弹簧座席,舒适的车内设计,宽大的车窗,一切都迎合了中长途旅客的需求。片刻，发车的铃声响起，大巴缓缓开动起来。

在城内行驶时无法提高速度，一旦进入郊区，来到赛马场附近后就再没有任何车马阻拦，巴士的行驶便愈发顺畅起来。车头一路向西，从左侧车窗可以看到星浦的海滩。那里的海面与夏家河子不同，呈现出一片明亮的蔚蓝色。因为今天天气格外晴朗，星浦的水面也显得炫目无比。

"鬼贯先生！"

亚历山大越过娜塔莉亚，拍了拍鬼贯的肩膀。

"我家就在那条小路里面。"

他伸手指向车右边两座丘陵。只见丘陵上布满了德意志和英伦风格的各色宅邸，青色和红色的瓦顶衬托在蓝天下分外美丽。白色或巧克力色的墙壁、爬满地锦的墙壁，星星点点的住宅一直从山腹延伸到海岸，有如风景画一般。只是这里地处要塞，到处都可能有讨厌的宪兵暗中监视着你。

大巴驶过住宅区，窗外的景色变成了连绵不断的单调的黄色丘陵。旅大公路就静静地横卧在这些丘陵之间，一直延续到四十八公里之外。车轮碾过大地的声音催起了睡意，鬼贯呆滞地看着花瓶中火红的大波斯菊，陷入了似睡非睡的状态。发动机的转动声听起来就像一大群牛虻在飞舞。

巴士经过小平岛。这地方虽然叫岛，实际却是个岬口，在高耸的悬崖之下，是一片白茫茫的海。悬崖上的白色建筑是疗养院。住在满洲的日本人中，有许多是肺结核患者。

车行二十公里，又经过了一个叫龙王塘的蓄水池。

鬼贯迷迷糊糊地睁开眼，自己好像不知不觉就睡过去了。他往旁边一看，亚历山大也闭着眼睛。但他的眼睑不时跳动一下，鬼贯知道他并没有睡着。再看娜塔莉亚，只见她把脸埋在亚历山大胸前，也闭着眼睛。鬼贯看着她不禁想道：真是个美人。

鬼贯开始拿自己和亚历山大的经历进行比较。虽说他拖上两年才能结婚，但与自己比起来已经够幸福了不是吗……

熟悉鬼贯的人都知道，他一心痴恋的女子嫁给了另一个男人，虽然他并未表现出悲观的情绪，但从那以后却再也没有高声欢笑过。在他三十五岁依旧独身的现状背后，就隐藏着这么一个略显传统的小插曲。

——她真是个美人，像天使一般无邪。

鬼贯又在心中想道。

——像自己这样只能单恋固然凄凉，但相互爱恋的一对却无法结合，这也够可怜的了。不过这两个人还真般配啊……不，等等，他们之间的障碍是被强行除去的啊。伊万老人被杀了。是谁杀死了这个障碍？查出凶手不正是我的职责吗？现在还不是睡觉的时候……

大巴渐渐靠近了黄金台的海岸。他们终于进入了旅顺境内。比起乘坐火车，长途大巴更能让人产生昔日沙场终成梦影[1]的感慨。

右侧车窗外耸立着一排褐色的岩石，那上面是否沾染了日俄

---

[1]摘自日本俳句家松尾芭蕉的一句"夏草や兵どもが夢の跡"，这是他在奥州之行的终点——平泉咏唱的句子。原是为了感叹奥州藤原一家三代荣华，最后却被虾夷所灭，后演变为感叹盛世荣华终成梦影的名句。

士兵的鲜血呢。到处盛开着的红色瞿麦，又是由哪一方的鲜血供养的呢。

鬼贯很不喜欢旅顺，这里被大连夺去了海陆交通要冲的地位，失去了一切的繁荣和活力，整日整日地如同死灰一般沉寂。除去前来参观战场遗址的人，已经没有人还会记起这个地方了。

左侧能看到旅顺港，但那里却没有一艘轮船。布谷鸟偶尔在溲疏花丛中发出一两声鸣叫，每当有树叶飘落，不知藏在何处的斑鸠也会跳出来应和两声，除此之外再听不到别的声响。这座城市已经像牡蛎一样静默无声，失去了一切光明和希望。就连天上的太阳，在这座城市里也变成了血一般的鲜红。

车里的乘客陆续醒来。大巴拐进一个缓缓的弯道，停在终点站台上。鬼贯一行最后才从车上下来。

乘务员先不紧不慢地用粉扑拍了拍鼻头，这才对鬼贯小声说了句什么。那是他们在开车前就已约好的事情。

"那两个人确实在九号那天坐过我们这班车。"

"谢谢了。"

鬼贯道过谢，便向旁边的两人走去。

"今天天气真好啊。"一直仰望天空的亚历山大说道，"前几天我们就是从这里步行到兄长家中的。但兄长那天一早就到水师营去了，所以我们只好自己到东鸡冠山逛了一圈。"

鬼贯瞥到旁边停放着的马车，决定还是步行前往。他想尽量再现两人九号的所有行动。

2

他们渐渐走到人烟稀少的城郊,道路变为缓和的上坡。周围的景色逐渐荒凉起来。

侧耳倾听,远处似乎传来了隆隆的炮声。那炒豆子一般的机关枪声是从俄军阵营传来的。四周满是硝烟和鲜血的气味,日本士兵和俄国士兵的呐喊碰撞在一起。

鬼贯默默地走在坡道上。亚历山大和娜塔莉亚也默默地走在坡道上。

眼前仿佛出现了以洋汽水代酒一饮作别的日本敢死队员。那时的人们还把苏打汽水叫成"洋汽水"。饮尽杯中物,他们就要冲到最前线成为敌人的靶子了。

炮弹在身边炸裂,激起丈余高的尘烟。随处可见痛苦挣扎的伤兵,一阵炮声过后,他们陷入了永远的沉默。

带着血腥味的风抚过鬼贯鼻尖,那是残酷战争的牺牲者们流出的血。

"警部,我太讨厌战争了。"

亚历山大说出了鬼贯心中的想法。

在旅顺,无论走向何方都能闻到血腥味,而此处则尤为浓重。如今他们走着的这条路下面,必定也埋着无名士兵的骨骸。他们每时每刻都要遭人马践踏,却再也没人会记起他们的存在。

他们不仅失去了仅有的,并不想失去的生命,还要遭到后人如此无情的对待。这就是战争。

"终于到了。"

娜塔莉亚用手帕擦了擦额头。亚历山大则脱下了上衣。

"这里就是东鸡冠山的北堡垒。"

鬼贯喃喃自语道。

山中桔梗紫正盛。

放眼望去,一条巨大的壕沟绕着山腹盘旋而上。鬼贯与亚历山大一跃而入,壕沟深一丈有余,娜塔莉亚是不敢跳下来的。

壕沟两侧都是厚厚的水泥墙,上面嵌着无数个弹孔。进入内侧就会发现,地下布满了一个个坚固的房间,这在地面上是看不出来的。只要躲在那些房间里,无论头顶上落下什么东西,里面都会安然无恙。那里的空气潮湿,阴冷瘆人。让人马上开始怀念蓝天,眷恋太阳的光线了。

二人匆匆回到地面上,这才松了口气。

另一边的丘陵上有个中国人开了一个露天小摊,正在等待客人光临。看到那个小店,亚历山大转头与娜塔莉亚视线相对,二人无言地点了点头。

娜塔莉亚说:

"鬼贯先生,就是那里了。九号那天我们在那家店里买过炮弹的碎片。"

三人齐齐向店中走去。

中国老人面无表情。亚历山大则表现出了些许紧张,他神经质地握紧了呢帽的帽檐。

"你还记得他吗?"

商人依旧面无表情。是没听见吗，还是鬼贯的北京话实在太差劲了？只见那老人皱起脸，吸了吸鼻子，马上又恢复了面无表情的脸。

一年三百六十五天，天天在这个战场遗址上独自呆坐，也难怪他的表情会变得如此贫乏。

"你对这两个人有印象吗？"

鬼贯又重复了同样的问题。

"啊啊，当然有印象。"

"为什么会有印象呢？"

"因为他们俩三天前在俺这儿买过炮弹片片。"

"那是几点钟呢？"

"不是俺自夸，俺生下来还没见过钟呢。当时太阳爬到了海鼠山顶上，那是一点钟吧。"

听他这么一说，鬼贯抬头看了看天空。

原来如此，再过一个小时，太阳应该恰好会升到海鼠山顶上。

"你见到的是这两人没错吧？"

"不会有错，这里没什么大鼻子会来。"

他说的大鼻子就是鼻子很大的人，也就是白种人。小摊撑起一块又脏又皱的帆布遮挡太阳，摆着各种中低档香烟，摊子一角放着个装满汽水的脸盆，也不知道是在冰镇还是保温，再往旁边一看，那里摆着一排满是尘土的糖块，除此之外还有战场明信片和一堆带着暗红色锈迹的小型炮弹和子弹。那应该是从附近的地里挖出来的。鬼贯指着其中一颗子弹说：

"老板，给我来一颗这个吧。"

"算了吧，那是附近的中学生玩枪打出来的东西。"

鬼贯心知从这个老人身上再也问不出什么线索了。他身后那对不懂中文的情侣也看出了个大概，双双松了口气。

"他怎么说？"

"说三天前见过你们。"

鬼贯边说边想，亚历山大应该没本事让那个看起来老实巴交的老人替他做伪证，所以可以相信，他在事发当日确实来过这里。

只是，就算他下午一点左右确实来过这里，也完全可以赶上十四时三十分出发的上行列车。从这里走到旅顺车站只需要三十分钟，若搭乘马车则十五分钟都不用。这辆列车在十五时三十二分就能到达夏家河子站。若亚历山大乘坐六百一十次列车，完全能赶上行凶时间。

因此，他的不在场证明是否能够成立，就要看那名在博物馆发放宣传小册子的日本妇人是否记得他了。

三人回到山顶，因娜塔莉亚他们九号当天曾在山顶吃了一顿有点晚的午饭，因此三人决定今天也到山顶去用餐。

娜塔莉亚打开野餐篮，取出了汽水，夹有果酱、鱼子酱和红肠的三明治。那与鬼贯做的三明治相比起来豪华了许多，故警部也毫不客气地接受了他们的宴请。作为交换，他让他们分享了装在保温瓶里的热可可，让两个年轻人大为欣喜。

鬼贯从日本人与俄国人交换食物这一场景中想到了以前发生的一个小插曲。

那是日俄两军夹着一个战壕进入持久战后的某个夜晚，日本军阵地里突然落下一包东西。一开始，日本士兵还以为那是炸弹，待他们战战兢兢地打开后，才发现里面装满了巧克力和糖果。在那个日本人还把苏打汽水唤作"洋汽水"的时代，可想而知日军士兵是以何等激动的心情分享了那些外国点心。紧接着，日军也向俄军阵地投去了装有仙贝、米花糖和印糕等回礼的口袋。待双方把点心都扔完以后，又开始了以画代字的交流，他们彼此分享故乡爱子的肖像、富士山的壮美以及家中母亲的慈祥、双头鹫的威武。两国士兵之间本不存在任何相互憎恶的理由，他们都是被军国主义和帝国主义横加利用的悲哀道具罢了。

只是那深夜的小小乐趣，最后在跨海运送而来的巨炮登陆的那一瞬，被撕得粉碎。

"这么说来，我也读到过这样一个故事。"

亚历山大接过话来。

"这是一个俄军军官的手记内容，当时双方协定暂时停火，让两军各自回收伤者和死者。因为两军军官和士兵都对彼此毫无憎恶之情，停火期间他们相处得可谓其乐融融。留下手记的那位俄军军官还与一名日军中尉成了交谈甚欢的朋友，他们彼此夸赞'日军的攻击真够强悍的''不，俄军的防守才让我大吃一惊啊'，最后还开玩笑说'不如等这场战争结束后，我们各自分担攻击和防守，一同征服世界吧'。手记中还写道，自己十分钦佩那位日本军官的态度，即使在战争结束后，也十分希望与之再会，欢饮畅谈一番。"

"我也读过这样一个故事。在旅顺一役中，城内所有俄罗斯妇人和女孩子都当起了俄军护士。在开城前不久，伤兵已经多得挤到了走廊上，城内既无药品也无绷带，根本无法替他们治疗。就在此时，上面传来了放弃旅顺城的通知，护士长心想，日军一进来就不得了了，于是便给所有护士和伤兵发放了自杀用的毒药。没想到日军的看护部队都是些温柔善良的人，他们一进城就给所有伤兵都进行了包扎，俄军护士见此情景，都把怀里的毒药偷偷扔掉了。我当时读到这个故事，真的非常感动。"

"是啊，其实比起相互憎恶而厮杀，这种难以对彼此产生憎恶，难以对彼此保持憎恶的相互残杀其实更是一场悲剧。在旅顺还发生过这么一件事情。一天，俄军的某个士兵把一封信和几张卢布扔到了日军阵营中，信里请求日军给他远在故乡的母亲发一封自己平安无事的电报。日军的士兵马上经由营口发出了那封电报，还帮他补上了不足的金额，俄军士兵接到这一回信后，马上又回投了一封感谢信和日军替他补足的电报费。我认为，只单纯地带着感伤去看待这些故事是巨大的错误。因为那样的态度永远无法让战争从地球上消失。"

"战争真是太讨厌了。"

娜塔莉亚一句平淡的述怀，却有着让鬼贯心中一颤的力量。

"如果我没记错的话，俄国有这么一句谚语——再糟糕的和平也比好的战争要强得多。"

鬼贯开始展现自己博学的一面。

"是的，是有这个谚语。我觉得那句话一点没错。话说回来，刚才我们看到的那条壕沟到底是什么啊?"

亚历山大问道。

"啊,你说那个吗?当时俄军士兵就住在那些壕沟里面。日本军根本不知道这一情况,光想着要突击占领壕沟所在的丘陵了。军队冲到一半,不得不跳入那条壕沟,但他们一进去就再也别想出来了。那可不是,因为俄军就在那些枪眼后面举枪等着他们啊。但是位于后方的日军指挥官却根本不知道这一情况,就算知道了,他们也必须依照命令继续进攻。所以日军还是重复着一拨又一拨的突击。士兵的性命简直是一文不值啊。最后,日军是在尸体填满那条壕沟后,踩着自己人的身体冲过去占领山丘的。"

"呀,太残忍了。"

娜塔莉亚吓得脸色苍白,亚历山大也紧紧皱起了眉头。鬼贯焦躁地拽起身边的瞿麦撕扯着,把凌乱的花瓣扯下来抛到风中。

不一会儿,三人开始下山。中途遇到一块小小的花岗岩石碑,上面镌刻着"孔德拉坦格[①]少将战死之地"几个字。这是日军根据俄军的请求而修建的,但并非用俄语写就,故二人并未看出其中端倪。在鬼贯告诉他们之后,二人才恍然大悟。

孔德拉坦格少将(按照俄语发音应该读作康德拉琴格)在俄军中的名望仅次于斯特塞尔将军,他是在一天晚上奖励立功将士的时候被日军投下的榴弹炸死的。据说他的死让俄军士气大挫。尽管此人名望甚高,眼前这座石碑却是小得可怜,再加上没有半

[①] 罗曼·伊氏多维奇·孔德拉坦格(1857—1904),陆军中将,一九〇三年任东西伯利亚步兵第七旅团长,在日俄战争中兼任旅顺防卫司令官,一九〇四年十二月十五日于旅顺城中战死。

个俄语字母，足以看出日本政府官员的无情与应付心态。不，且不说没有俄语字母，上面连一行日语介绍都没有。因此绝大多数日本人看到这座石碑也会觉得一头雾水。

日头高挂，三人走得都有些冒汗了，但到了下午便吹起阵阵微风，让人感觉清凉舒适。三人溜溜达达地向俄军牺牲将士纪念碑走去。这段路约有三公里长。

纪念碑由整块巨大的大理石制成，正面用俄语镌刻着悼念文字，其下则有雕花装饰。

在一年一度的纪念日里，甚至会有远在北满的老兵专程赶来参加纪念仪式，仪式上不仅聚集了一批缺胳膊少腿的俄军老兵，还会有一些日军的昔日勇武前来列席。

3

饲养温室内，发线后退的俄罗斯人正与满脸麻子的中国助手一道给鸟儿喂食。

"我十一号陪日本警官去了一趟水师营。"

助手似听非听，一脸气恼的神情。俄罗斯人毫不在意地用流畅的北京话继续说道：

"那一趟可真够累人的，还好他最后也没发现什么。俗话说得好，车到山前必有路，东方不亮西方亮嘛。"

只有鸟儿发出响亮的鸣叫，像是在回应主人的话。助手则依旧闭口不言，但他似乎并没有生气，只是个性使然罢了。

"现在想想,那可真是让人心惊胆战的活儿啊。全靠我舌绽莲花才能蒙混过去。"

"呃……"

"所以说啊,你也要保持警惕。"

助手这才第一次开口,用诚挚的语调说:

"别担心,老爷。您只管交给我就是。"

4

三人到达博物馆时,已经是下午两点过后了。那是一幢庄严的二层建筑,大理石壁在午后阳光的照射下,反射着耀眼的光线。门廊两侧盘踞着一对富有中国特色的石狮子,但二楼窗沿的装饰却是正宗的俄罗斯风格。入口处刻有关东厅博物馆几个大字,下面标注着THE KWANTUNG GOVERMENT MUSEUM的译文。

踏入博物馆,带着霉味的空气扑鼻而来。随着双眼逐渐适应黑暗,三人看到博物馆内陈放着一排排中国佛像,仿佛都在叙述着各自千百年的梦幻。

鬼贯无心观赏展品,而是大步走向纪念品的贩卖区,一直低头坐在那里的妇人吃惊地抬起头来,眯着眼睛看向鬼贯。那是个二十三四岁,有着富士额①的传统日式美人,或许是因为长期与古代陶器和木乃伊共处一室吧,她多少带着一些阴郁的气质。再

---

①即富士山形状的前额发际,是过去日本评价美人的条件之一。

加上身处旅顺这样一座城市，人们难免会被夺走身上的所有霸气。

鬼贯殷勤地作了个揖。

"恕我冒昧，我想请教一下，您对我身后那两个俄国人有印象吗？"

"啊？"

她颇感意外地应了一声，也不知是不是近视，眯缝起眼睛看向那二人。娜塔莉亚见此情景嫣然一笑，挽起亚历山大的胳膊静静地走了过来。他似乎有些害羞，轻触帽檐行了个礼。

日本妇人露出缺乏活力的微笑回答道："我记得他们二人。"

随后，鬼贯表明身份继续问道：

"其实我正在调查一些事情，能请您把当时的情况给我说一下吗？"

妇人脸上再次泛起笑容。

"当然没问题。那是三天前，也就是九号的事情。这两位在下午三点过后来到我这里，说要买一本宣传册子，我就把英文版的给他们了。当时收到的是十日元的纸币，因为找不开，我还请这里的馆员帮我拆成了零钱呢。所以我记得很清楚。"

"非常感谢，这些信息对我非常有用。"

事到如今不用看时刻表也知道，三点过后还出现在博物馆的人很明显是不可能在行凶时刻赶到夏家河子的。如此一来，亚历山大的不在场证明就完全成立了。

随后，三人开始从第一展馆按顺序参观整个博物馆。在看过按时代顺序陈列的中国佛像、印度佛像和契丹碑拓本后，他们站到了西域木乃伊面前。娜塔莉亚突然发出惊叫,将她揽入怀中的亚历山大也显得面色苍白。

"没想到还有木乃伊……前几天我们来的时候没看过这个展厅。"

他用虚弱的声音辩解道。那九具木乃伊是从新疆吐鲁番发掘出来的,几乎都保持着完整的形态。

逛完一圈下来,鬼贯认为最有趣的当属那些犍陀罗石刻[①]。就算没有专门的知识,普通人也能从那些印度的希腊式石刻上看出亚历山大大帝东征带来的影响。

三人重新回到光线充足的外部,鬼贯开始感叹每日待在昏暗室内的馆员们超凡的忍耐力。亚历山大也一脸如释重负的表情,回头看着鬼贯。

"那天因为没买到俄语的解说书,我们觉得没意思,就简单看了一下。大概是下午四点十分或二十分出来的吧。然后我们就再次拜访兄长,一直待到七点半才坐大巴回去。"

随后他又用带着几分热情的语调小声询问道:

"怎么样,这下你相信我没有杀害叔父了吧?"

鬼贯温柔地眨了眨眼,点点头道:

"是的,我也是为了忠于职守才不得不这样做的,刚才还一

[①] 犍陀罗艺术是古代希腊艺术与印度艺术结合的产物,其内容主要是佛教,故有"希腊式佛教艺术"之称。古希腊艺术的东传,与亚历山大的东征有关。在佛教兴起之初,是根据印度民间流传的鬼神像来绘制佛像。在犍陀罗文化兴起之后,人们则参照希腊的人物肖像来绘制佛像。佛像脸部呈椭圆形,眼睛深凹,高鼻梁,头发呈波浪形,有发髻。实际上是以希腊的宙斯、阿波罗、雅典娜为模式制作的。

直担心会给你带来不愉快的回忆呢。如果有什么触犯之处,请你务必谅解。"

"怎么会有那种事情呢。"娜塔莉亚说,"你给我们的印象与其他日本警官完全不同哦。"

鬼贯轻轻颔首。那是比赛结束后剑士之间交换的庄重礼仪。

5

鬼贯在返程的大巴上、自家的洗澡间里,甚至在就寝之后仍反复思考着三个人的不在场证明。

从佩特罗夫被杀的情况来看,真凶必定在三个侄子之中,他认为这个判断是准确无误的。鬼贯至今依旧十分确信,其中定有一人是凶手,甚至有可能是两人以上联手作案。

可是,安东的不在场证明牢不可破。尼古拉和亚历山大的也同样无懈可击。无论他如何转换视角试图有所突破,都徒劳无功。尽管如此,他确信三人之中必有真凶的看法却愈发坚定了。

安东的要塞

1

第二天一早上班,署长的表情似乎也有些沮丧,皆因他为防万一以夏家河子为中心布下的天罗地网竟然没捞上来半条杂鱼。不过尽管如此,他还是拍着鬼贯的肩膀,用笑容对其鼓励道:

"我跟你的想法一致。凶手必定在那三人中间,你可千万别泄气啊。"

或许他说这话,也是为了让他自己重新振作吧。

鬼贯坐在桌边不断思考着。他从昨天开始已经将案情反复整理了不下数十遍。桌上的茶水早已变得冰凉,上面浮着几粒尘埃。他看向窗外,今天也是个晴朗的秋日,可能会很热吧。

是亚历山大还是尼古拉,抑或安东?就在他脑中不断重复着那三人的名字时,一个想法犹如天启般闪过脑海。若三人要伪造自己的不在场证明,最容易成功的是其中哪一个呢?

安东的证人足有十多名。

亚历山大有两个证人。

尼古拉则只有一个证人。

好,那就将他的不在场证明重新审视一番吧。俗话说千里之堤溃于蚁穴。若他的不在场证明是伪造的,那么必定在某些地方存在着关键的蚁穴……

重振精神的鬼贯掏出了从这次事件之初就从未离过身的列车时刻表。现在赶过去应该还能坐上九点四十八分的火车。他一手抓过帽子，跑下了警署的楼梯。

大连这个都市中的道路呈中心向外放射的状态，中央由七个广场组成。沙河口警察署就位于其中一个名为大正的广场旁边，这个广场同时也是三路沿直角方向行驶的电车的中继点。鬼贯在广场边上等了五分多钟，没有碰到一辆空着的出租车，于是他狠狠心，坐上了恰好驶来的电车。

不巧的是，他跳上的那台电车是车费低廉的劳工专用车，但想到有可能会赶不上列车发车时间，他也顾不得这么多了。曾经有一位英国牧师如此称赞道："日本人太伟大了，与浑身泥污的劳工坐在同一辆电车里竟也毫无怨言。"这看似赞赏的话语实则是讽刺日本人卫生意识的低下，但如今要与自打出生好像就从未洗过一次澡的劳工同乘一辆电车，对有点洁癖的鬼贯来说还是需要超凡的忍耐力才能做到的。不过幸运的是，他跳上的这趟电车没什么人。

在沿途遇到的第二个神社前下车，还要沿着宽阔的金大公路步行到车站。

走了大约十分钟，车站终于出现在他的视野中，此时那辆汽笛长鸣的列车正要穿过公路上方纵横交错的陆桥。鬼贯见此情景连忙冲了过去，这才勉强上了车。九号深夜让佐田医生苦恼不已的海风如今吹拂在他大汗淋漓的额际，让他感到畅快不已，他出神地看向北方，隔着一道海湾隐约能看到远处的甘井子。

事发之后第三度造访夏家河子的鬼贯下车后，径直走到海滨旅馆寻找安东。

"呀，早上好啊。我的不在场证明还算可靠吧？"

鬼贯从他的话语中听出了些许揶揄之意，感到非常不快。

"十分完美。"

"哎呀，真是过奖了。话说回来，我差不多应该能回家去了吧？"

"我正是来通知此事的。"

他面无表情地说着，从口袋里掏出记事本，将夹在里面的安东的照片放在桌子上。

"谢谢了。话说回来，你在车上发的电报究竟是什么内容呢？"

"哦，你是说那个吗？那天在哈尔滨马家沟有一场赛马。我托朋友帮我买了马券，所以才发电报给他想知道比赛的结果。列车离开周水子站后我收到了回信，上面说我赢了一千日元左右。"

他从自己的时刻表中抽出夹在里面的电报纸，交给鬼贯。

"为这点小钱专门发一通电报，当时的我真是太可悲了。要是再失去遗产继承权，那可真是雪上加霜了。若真如此，我可能会恨不得亲手拧断伯父的脖子。"

如此说着，安东还做了个双手勒紧的动作。

"佩特罗夫的死对你来说或许是天佑神助，但即便如此，我也无法对此表示祝贺。"

"哈哈哈。对了，我打算乘坐今晚七点四十分从大连出发的快速列车回去。"

"这完全没问题。这回肯定是买卧铺票舒舒服服地回去了吧,哈哈。好吧,安东先生,再见了。"

"再见了,警部。下次到哈尔滨请务必到我家做客。是中医街第一百九十三号哦。运环也……对了,现在应该叫内人了,内人也一定会欢迎你的。"

鬼贯走到门边,回头答道:

"好,有时间我们再见面吧。我总觉得今后还有与你再会的可能。"

2

鬼贯在上次的"莫斯科点心店"吃过午饭后,坐上了十二点四十一分出发的下行列车。他没有一直坐到旅顺站,而是在两站之前的龙头站下了车。此时日照越来越猛烈,让人感到头晕目眩。

车站附近有几座日本人经营的苹果园,离红玉成熟的时期尚早,但国光已经披上了一层娇艳的红衣①。苹果树下摆放着密密麻麻的蜂巢,蜜蜂拍动翅膀的声音让此处的田园气息愈发浓重了。

走了不到半公里,他便开始满头冒汗,擦都来不及擦了。这天气简直就像夏天一样。可是一旦天气有变,这里马上又会变成寒冬一般。

他凭借记忆走到水师营的会见所附近,沿着黄土小路一路向

---

①红玉和国光都是日本苹果的品种名称。

前,很快就看到了那天乘坐马车到达的那个村落。鬼贯这才长出一口气,躲到路边的梨树下擦了擦汗。他已经口干舌燥,气喘吁吁了,一心想着到达之后得赶紧要杯乌龙茶来喝。

离开那一小片绿洲,他又在烈日炎炎的田间小道上走了将近一小时,才终于敲响了那户富农的大门。

老人的房间依旧同前天一样,飘荡着香炉的烟火。他露出热情的笑容,给鬼贯递过来一把鸭羽制成的扇子。鬼贯也对老人回以笑容,但心中却不免有点紧张。皆因他不敢肯定,自己能否在没有翻译的情况下与其进行对话。

"说是秋天,为什么今天还这样热死人呀!"

老人缓缓说着,鬼贯似乎听懂了他的意思。大意就是今天虽是秋日却酷热难当。热死人这个形容很符合中国人的夸张表现习惯,听来甚是有趣,但因为老人话中带着地方口音,鬼贯费了九牛二虎之力才总算明白过来。

"就是呀。我还是从龙头站一路走过来的呢。"

"那可真是辛苦你了。这附近也拦不到马车啥的。"

"您孙女呢?"

鬼贯看不到小女孩的身影问道,老人闻言笑了起来。

"她到邻居家玩儿去了。那孩子,平日里最爱跟着我了。"

或许是因为摸不到孙女的头,老人觉得手上空落落的,便不断捻着下巴上的胡须。

"对了,老人家啊,我想问问你们前天打的那个赌。我朋友来取白喜鹊那天确实是这个月九号没错吗?"

老人面对他不厌其烦的提问，并未露出嫌恶的神情，而是缓缓点头道。

"那当然是一点儿没错。我前天也说过了，他是在我孙女生日后一天来的，所以我无论如何也不会弄错。"

鬼贯这下可算是束手无策了。莫非他的不在场证明果然是事实吗？他停下摇扇的手，呆呆地看着那把羽扇，陷入了沉思。

老人似乎想起了什么，他站起身来，从嵌有贝壳的黑檀书箱里拿出一本相册来。

"你看，这就是我孙女过生日拍的照片。"

他虽然不太感兴趣，但还是看了一眼，那是一张老人搂着盛装的小女孩站在院子里拍的八寸纪念照片。负责拍照的乡村摄影师技术还不错，照片上的两个人都带着非常自然的微笑。老人的白髯还在风中飘荡。

就在鬼贯礼貌性地夸赞小女孩的美貌，老人笑得合不拢嘴，准备合起相册那一瞬间，某个景象如电光火石般映入他的视线。那是老人身边穗子低垂的高粱。

从门口穿过庭院进入室内时，必定会经过一片高粱田。他前天来的时候如此，今天亦是如此。当时他在无意识中记下了那些植物的高度，比老人高了五寸有余。但再看那张照片，麦穗却只长到他肩膀附近而已。

鬼贯不由得怀疑起自己的眼神来。但他无论看多少遍，高粱都只到老人肩膀的高度而已。那这究竟是怎么回事呢。若这张照片是这个月八号，小女孩的生日时照的，今天是十三号，期间只隔了五天的时间。在五天或一周的时间里，高粱竟能成长六七寸吗？当然，相机的位置也是一个问题，但就算把这一因素考虑进去，那高度差也还是太离谱了。

"恕我多问，高粱是成长很快的植物吗？"

面对这一意料之外的提问，好心的老人没露出半点不耐烦的表情。

"是跟什么做比较呢。是黍子还是苞米呀……"

"两三天时间能长一寸吗？"

"那当然不能啦。"

老人在不知不觉间，几乎推翻了尼古拉的不在场证据。

他到这里来取白喜鹊的日子，应该确实是小女孩生日后一天。但老人所说的生日按照高粱的成长速度来计算，绝不可能是五天或是七八天前。可是，老人又为何会断言女孩的生日是这个月八号，而尼古拉造访他家是本月九号呢。太奇怪了。其中必定存在什么问题。

老人说了些什么，鬼贯也回答了。但他根本不知道老人问的是什么问题，自己又是怎么回答的。只一心思考着尼古拉的不在场证明是否确实。

他的不在场证明马上就要被推翻了，只需最后一次发力。但他究竟用了什么手段，让老人替他做伪证呢？他究竟是如何扰乱老人历算的呢。

只差一点儿，只差最后一点儿了。鬼贯以解开纠缠毛线的韧劲，绞尽脑汁思考着。

扰乱老人的历算。历……历……想到这里，谜题突然解开，让他觉得自己为如此简单的事情绞尽脑汁，简直是愚蠢至极，差点儿要失笑出声。

老人所说的原来是阴历。不用说，日本人自从西化后就一直使用阳历计算日子，而中国人则在阴历中繁衍生息，俄国人自然也在俄历的世界中生存着。他们的正月和节气等一系列传统节日，以及复活节和洗礼节等一系列宗教活动都是按照自己的传统历法进行的。与日本人有所接触的中国人自然会交替使用新旧两种历法，但与日本人完全没有来往的田园农夫，恐怕连阳历是什么都不知道。

尼古拉造访这里的时间根本不是十月九日，而是旧历的八月九日。他巧妙地利用了新历和旧历的盲点为自己伪造了不在场证明。这男人究竟有多聪明啊。若鬼贯没有碰巧看到那张照片，是绝对不可能看破他那伪造的不在场证明的。

鬼贯与老人辞别，向龙头站走了回去，途中回想起尼古拉那爽朗的笑声，心中涌起一股难以抑制的敌意。

翌日清晨，尼古拉在自己家的鸟笼里被逮捕了。他并未表现出吃惊的样子，只是满脸困惑地叫了一声"Бог знает！"[①]就再也没说什么了。

当警官带着他走出宅邸时，他又对中国助手说了句："麻烦

[①]"天晓得"之意。

你照顾那些鸟了。"紧接着就再没开过口。

  事件为此笼罩上了国际性的色彩,关于尼古拉的被捕,不仅日文报纸《满洲日日新闻》进行了大肆报道,就连中文报纸《满洲报》、俄文报纸《哈尔滨时报[①]》《黎明报[②]》和英文报纸《满洲日报》也都进行了报道。

[①] Харбинское Время,创刊于一九三一年十一月三日。
[②] Заря,由俄国社会革命党人罗文斯基主办的俄文报纸。

第二凯歌

1

翌日，即十月十五日正午前不久，一名日本客人造访了鬼贯。来客是位留着八字胡的红脸膛绅士，留着一头短寸。从他的外表和挺胸收腹的姿态来看，鬼贯推断眼前这个人物应该是日俄战争的生还者，而且还应该是曹长①以上的军衔。并且他还觉得，这个人有些眼熟。

他先是为正午造访表示歉意，随后又煞有介事地清了清嗓子，这才从名片盒里抽出一张名片。鬼贯一看，上面写着尔灵山②麓、灵阳照相馆主、衣笠八郎。

"如您所见，在下便是在尔灵山麓经营照相事业的衣笠八郎。"

经他这么郑重其事地一番自我介绍，鬼贯总算想了起来。

在那座因"尔灵山险岂难攀③"一句而闻名的二〇三高地脚下，一个远离人家的地方孤零零地竖立着一间照相馆。馆主拍照的地点仅限山顶，而且只在乃木将军挥毫写下"尔灵山"几个大字的炮弹形纪念碑前。凡登上此山之人无一例外都会站在这位衣笠八

---

①日本军士的军衔之一，即陆军上士。
②即今旅顺猴（后）石山，日本侵华战争时被称为二〇三高地，被乃木希典取其谐音命名为尔灵山。
③摘自乃木希典所作汉诗，全诗为"尔灵山险岂难攀，男子功名期克坚。铁血覆山山形改，万人齐仰尔灵山。"

郎的镜头前拍上一张纪念照片。鬼贯也登上过尔灵山两三次，也记得自己请他拍过两次照。他暗自想道，难怪我看这人如此眼熟，随后又等他继续说下去。

"其实，在下昨日从报纸上读到了尼古拉·佩特罗夫的报道，心知此事非比寻常，便特意赶到这里，但想先向您确认一番，那则报道是否属实。"

这位绅士究竟想表达什么呢。鬼贯紧紧盯着来客充满军人习性的傲慢眼神，向他说明报道的确属实。

"我有个习惯，就是每次摄影完毕都会把具体时刻记录下来。事发当天，也就是十月九日的下午五点四十分，有一对俄国男女在我这里拍了纪念照片，这就是当时他们署名的名册。"

衣笠八郎慢慢地从腰带上解下一个军用红色皮包，从中取出一本笔记本。他翻到其中一页，指给鬼贯，只见那上面用英文字母清楚地记载了尼古拉的姓名和住址。

"你把当时拍的照片带来了吗？"

鬼贯极力克制住自己的冲动，用平淡的语调问道。只见摄影师用力点点头，迫不及待地从包里抽出一张照片，递给了紧张得直咽唾沫的鬼贯。

照片上，娜塔莉亚站在纪念碑前，在她身边抓着帽子微笑的不是别人，正是尼古拉。不知是不是错觉，鬼贯感觉他那张笑脸上带着某种无畏的挑衅，让他感到既困惑又愤慨，包含怒火的目光几乎要把照片给射穿。

照相馆主心满意足地看着自己投出的那枚重磅炸弹带来的效

果，随后又煞有介事地说明道：

"在下昨夜已将冲洗好的照片按照他们留下的地址寄了出去，怎知马上又看到了报纸上的消息，便赶紧又冲洗了一张带过来。"

鬼贯在脑中飞快地计算着。尼古拉若想在行凶后马上回到旅顺，即必须乘坐十六时四十九分从夏家河子出发的六百零九次列车。而这辆下行列车到达旅顺的时间是十七时五十分。就算下车后马上拦到出租车赶往尔灵山，也只能在傍晚六点半到达那里。现在正值秋季，六点半早已过了日落时间，山顶应该陷入了一片伸手不见五指的黑暗之中。衣笠带来的这个新线索，对鬼贯来说无异于一道晴天霹雳。

"你确定时刻和日期绝对没有出错吗？"

鬼贯有如挨了当头一棒，整个人昏昏沉沉的，好不容易才回过神来问道。

"请您相信我吧。"

鬼贯看着摄影师黝黑的脸上露出目中无人的傲慢神情，恨不得一口将其吞掉。但那也只是一瞬间的想法，紧接着他心中便涌起一股天性使然的斗志。向及时阻止他犯错的衣笠八郎道过谢后，目送着他用与来时同样挺拔的姿态离开警署，随后敲响了署长室的大门。

"什么，你说什么？那怎么可能呢？"

"不，是我的判断出错了。现在我们必须相信相机的客观性。尼古拉在凶案发生之时确实待在远离夏家河子的地方，这一点毫无怀疑的余地。请您马上释放他吧？这次我确实是急功近利了，为此我感到非常遗憾，同时也认为这是一个很好的教训。"

三浦署长依旧未能从震惊中回过神来，同时也找不到任何理由去反驳鬼贯。只得带着一脸复杂的神情，陷入了暂时的沉默。

"这样一来，就产生了两点疑问。其一，他拥有如此完美的不在场证明，却为何要利用阴历和阳历的差别另外伪造证据呢？其二，他为何在遭到逮捕时一言不发，毫不坚持自己的清白呢？若那位摄影师一直不出现，情况就会对他非常不利啊。"

"对第二个疑问，我认为有两种可能性。一是他坚信摄影师必定会为他提出反证，二是尼古拉是为了包庇某人故意被捕的。"

署长捏着自己瘦削的下颚，陷入了沉思。

"原来如此，若他打算包庇某人，那在我们知道的范围内，就只有亚历山大或那个名叫娜塔莉亚的女性了……"

"还有，安东应该也勉强能进入那个范围。"

"尼古拉真的对安东怀有如此深厚的感情吗？"

"虽然不太可能，但他毕竟是与自己有血缘关系的堂弟，所以还是值得考虑的。不过，刚才提到的那三个人都有着再充分不过的不在场证明啊。"

"问题就在这里。所以我才想不通尼古拉究竟是为什么要故意被捕啊。还有就是，他明明有身在尔灵山这一真真切切的不在场证明，却为何没有提出来呢？"

他摘下老花眼镜，擦拭着镜片，片刻又停下动作，转而看向鬼贯。

"对了，鬼贯君，我们可以试着以娜塔莉亚这名女子为中心进行调查。她从坐上大巴，到游览东鸡冠山、博物馆这段时间一直与亚历山大待在一起。但后来却与尼古拉出现在了尔灵山顶。简单来说，她的战场遗址之旅以博物馆为分界线，分别由两个人进行陪同。你不觉得这太不自然了吗？"

"我也有同感。"

"我们现在已经证实，事发当日尼古拉到水师营取白喜鹊这一证词是伪造的。这样一来，他九号下午究竟去了哪里呢？"

"估计问他也没用。搞不好会被他用在附近的草地上睡午觉之类的话搪塞过去。"

"那鸟痴真是……"

署长粗鲁地扳着指节，看上去气恼不已。

"这尼古拉和亚历山大两兄弟可能因为某种原因而交换了身份，或者为了得到某些利益而做出了那个行动。"

"您说得有道理。他们本来约定的是由尼古拉带路，三人一同游览战争遗址，所以乍一看，两人交换身份好像没有什么意义，但其中必定隐藏着我们难以察觉的内情或不可告人的秘密。只要搞清楚这一点，恐怕就能顺利解决事件了。"

"唔。"

"总之，现在无论是亚历山大、娜塔莉亚还是尼古拉，都像事先商量好了一样——其实他们很可能是事先商量好的——丝毫没有提及刚才那个疑点，因此，其中必定隐藏着重大的意义。"

"唔。"

"刚才署长您也说过，尼古拉之所以在案发当时身在尔灵山顶却没有提出这一不在场证明，其理由必定在于他不想让人知道自己与兄弟在博物馆处交换了身份。由此可以推断，只是得知这一事实，也是我们调查前进的一大步。所以完全没有必要着急。"

鬼贯说完便陷入了沉思。他们为何要对交换身份之事讳莫如深呢？恐怕是因为二人知道，这一秘密若被当局得知，警方必定会在此基础上展开调查，并能轻而易举地进入下一个阶段吧。而他们之所以千方百计想隐瞒前往下一阶段的线索，当然是因为那个阶段非常容易展开调查，且拥有非常重要的意义……

署长此时为了避免打扰鬼贯的思绪，正默默地擦着自己的老花眼镜。鬼贯紧皱眉头，开始进行更深一层的思索。刚才署长说过，二人交换身份必定意味着能够得到某些利益……可是无论怎么想，鬼贯都无法得出确切的答案。若交换身份无法换来任何利益，那么他们完全可以一开始就三人结伴同行，事实上他们却没有做出那样的举动。这其中究竟隐藏了什么样的利益呢……

鬼贯的思路再次回到了同一个点上。就在此时，一个想法闪过他的脑海。若毫无利益可言，则他们完全没有交换身份的必要。其实不用把事情想得如此复杂，既然没有交换的必要，那干脆假设他们一开始就没有交换过身份吧。如果与娜塔莉结伴游览了战场遗址的人，从开始到结尾都是同一人物的话会如何呢……根据纪念照片可以明确认定，登上尔灵山顶的确实是尼古拉本人，因此可以推断，陪伴娜塔莉亚从东鸡冠山一路逛到博物馆的同样也是尼古拉……

鬼贯重温了一遍亚历山大的不在场证明。原来如此，那对兄弟虽然外表看起来完全不同，但那也只是因为尼古拉看起来比较老相而已，他只要戴上帽子，整个人就会年轻许多，看起来跟弟弟一模一样了，这一点鬼贯在第一次前往水师营时已经注意到了。当时站在东鸡冠山露天小摊前的尼古拉，以及在博物馆的小卖部购买宣传册的尼古拉一定都戴着帽子，所以"目击者"们才将尼古拉和亚历山大搞混了。

当然，从尼古拉的性格来看，他本应脱掉帽子入馆参观的，不过日本人却对此不太在意，因此通晓日本习俗的他完全有可能模仿日本人的行为举止展开行动。换句话说，他就算戴着帽子进入博物馆，也不会显得格外醒目。关于这一点，只要向博物馆询问一番，就能立刻得到解答。

鬼贯对自己的这番推理感到非常满意，兴致也上来了。没错，陪同娜塔莉亚游览鸡冠山的必定是尼古拉。这样一来，亚历山大的不在场证明就从根本上被推翻了。正因为害怕出现这样的事态，尼古拉才有必要隐瞒自己在尔灵山拍照的事实。他之所以在被捕时保持沉默，一定是为了包庇弟弟的罪行……

如此一来，亚历山大当天的行动就能推测如下：他一早与娜塔莉亚乘车前往旅顺，并在那里将未婚妻托付给兄长，让其陪同她游览战场遗址，自己则另外搭乘列车前往叔父家。若乘坐九时五十分发车的六百零六次列车，他在十时四十四分便可到达夏家河子。若乘坐十一时四十五分出发的六百零八次列车，那么在一小时后，也就是十二时四十二分便能到达。如果乘坐十四时三十分出发的列车，则能够在凶案发生的时刻到达夏家河子。可是不管怎么说,他在与兄长和未婚妻分开之后,都有着过于充裕的时间,这让鬼贯有些在意。不过他并不是惯犯,因此在下手前有可能存在一段时间的犹豫,如此一来便能解释得通了。

当时,尼古拉和娜塔莉亚很可能并不知道他的犯罪意图。因为如果知道了,他们就不会留下那张让整个替身计划毁于一旦的纪念照片。就算故意留下了纪念照片,尼古拉至少也会戴上帽子,做出最低限度的伪装,将自己假扮成弟弟。

鬼贯冷不丁站起来冲出房间,署长被他的动作吓了一大跳,连忙问他怎么了,但鬼贯的回答却湮没在了大门关闭的声音中。

鬼贯快步走入电话间,让接线员给他接通了旅顺那家博物馆的电话。在电话接通前的几分钟,他焦躁地咂着舌头,感觉度日如年。好不容易接通了博物馆,又要再等一段时间好让工作人员把小卖部的店员叫来。鬼贯仿佛能透过听筒闻到博物馆发出的那股淡淡的霉味,他耐心地等待着。

"你好……"

远方传来一个细微的女声,震动了鬼贯的鼓膜。

"我是负责管理小卖部的工作人员,您找我有什么事吗?"

"是的,劳您专门跑一趟真是不好意思了。其实我还有个问题想请您回忆一下,您记得上回我们三个人前去拜访时,那个俄国青年是戴着帽子,还是脱掉帽子的呢?"

鬼贯强压心中的焦虑,先测试了一下她的观察力和记忆力。

"是的,我记得很清楚。他好像戴着一顶绿色的呢帽子吧……"

正是如此。鬼贯暗自颔首,又继续道:

"那么,您还记得他九号在博物馆购买宣传册的时候是否戴着帽子吗?"

"这个嘛……"

店员沉默了一阵。鬼贯眼前仿佛出现了她闭眼思索的身影。

"他当时戴着一顶淡茶色的呢帽子。"

果真如此。鬼贯见自己对尼古拉戴着帽子游览战场遗址的推测正中目标,感到兴奋不已。顺便再详细询问一下吧。

"原来如此,真是太感谢您了。对了,您还记得他当时身上穿的是什么样的衣服吗?"

"是的,我对衣服的印象比帽子还深呢。上衣是淡淡的红豆色,裤子是茶色的,领带应该是酱紫色的吧,我记得下半部分是酱紫色和白色相间的粗横纹图案。"

"您可真是帮了我大忙了。不过话说回来,您怎么会记得如此清楚呢?"

"因为这里很少会有俄国游客出现嘛,更何况我是个女人,最关注的也就是衣服鞋子这些东西了。"

2

鬼贯目不转睛地注视着摄影师留下的那张纪念照片。照中人的右手上的确抓着一顶呢帽,西装的颜色虽不清楚,但他脖子上的领带也确实有宽阔的横纹。出现在尔灵山上的尼古拉和在博物馆购买宣传册的乃是同一人物,这一点已经毫无疑问了。

凶手必定是亚历山大!

鬼贯回想起他和亚历山大初次见面的情景。还记得他当时看起来提心吊胆,还刻意回避了鬼贯的视线,再加上那失去了血色的苍白额头。鬼贯当时面对这种怯懦的态度,曾暗自想过他是否已经知道了佩特罗夫老人的死讯。想必尼古拉和娜塔莉亚是在听取了亚历山大杀害佩特罗夫老人的自白后,才答应帮助他伪造不在场证据的。

鬼贯经过推理得出以上结论,并非无懈可击,例如亚历山大也有可能拥有一套与兄长相似的服装。可是鬼贯转念一想,又觉得没必要钻这个牛角尖。最后,他决定单刀直入地调查亚历山大九号的实际行动。于是他向署长简单报告了几句,不待署长理解透彻,便径直向城市交通公司的场站走去。

此时正值开往金州方向的大巴发车,候车室的旋转门一直转个不停,其中还有从西式快餐店里含着食物匆匆跑过去的男人。

不久,大巴离开了场站,候车室的骚动也平息下来,鬼贯这才推开公司的大门。

他向站在入口的守卫人员说明来意,连着打了两三次电话,才总算接通了交通科长,最后,他请科长叫来了前几天他乘坐的旅顺大巴上的乘务员。

"是这样的,九号和十二号不是有同一对俄国男女乘坐了去旅顺的大巴嘛,关于那个男人我想向你请教一下。你觉得九号和十二号乘坐大巴的俄国男人有没有可能是外貌相似的两个不同的人呢?"

那乘务员虽然长着一张莲叶般的圆脸，看上去没什么气质，但脑袋还是转得蛮快的。她干脆利落地回答道：

"不，我觉得不太可能。那对情侣之间的融洽气氛与他们九号乘车时一模一样，要是男人换成了另外一个人，是绝对无法假装出那种气氛的。这么说可能会让您觉得我是那种盯着人看个没完的女人，但男女之间的亲密融洽就是在旁人看来也是很舒服的。"

根据乘务员的证词，他几乎可以确定事发当日亚历山大确实去了旅顺。这样一来，他就有可能像鬼贯先前设想的那样，把娜塔莉亚交给兄长后，从旅顺站搭乘列车前往夏家河子。

"那你还记得九号那天，大巴是几点到达旅顺的吗？"

"是这样的，我们平时都是十点准时到达旅顺，但唯独九号那天晚了五分钟出发，因此到达旅顺的时间是十点五分。毕竟我们不像火车，没必要把到达终点的时刻抠得死死的，所以也就没有紧赶慢赶，而是照样慢了五分钟到达。而且你别看旅大公路铺得那般好看，上面已经发生过两起翻车事故了呢。"

鬼贯对少女道过谢，马上翻开时刻表，找到了旅顺线那一页。既然亚历山大是十点五分到达旅顺的，那他只可能赶上十一点四十五分发车的六百零八次列车，或者十四点三十分发车的六百一十次列车。

此时，鬼贯已经决定四度造访旅顺了。

亚历山大的危机 ————

1

鬼贯到达旅顺后,径直走到了火车站站长室门外。个头矮小、皮肤黝黑的木元站长笑着把鬼贯请入室内就座。

鬼贯向站长简单叙述了事件的概要,随即开始提问道:

"因为刚才提到的那些情况,我此次前来就是想找当天负责六百零八次列车检票的站员谈谈。"

"那当然没问题。请你稍等一下。"

站长从办公桌上的文件架中抽出一本边角已经磨损了的黑色执勤日志。

"是九号的六百零八次列车吧?我看看,当时是一位叫小川的站员负责检票,要把他叫过来吗?"

站长说完便起身离开了办公室,说是一会儿,实则过了足足五分钟才把小川站员带了过来。

"不好意思,我们来迟了,刚才他正在执勤抽不开身。我来介绍一下吧,这位就是小川君。"

鬼贯眼前这名青年虽然与站长一样又矮又黑,但肩膀却宽阔得像橄榄球运动员。

"这个嘛……"

看着鬼贯出示的尼古拉和亚历山大的照片,他并没有马上回答,而是摸着自己的寸头思考了片刻。

"非常抱歉,乘坐六百零八次列车的外国人只有一个带着小孩的年轻妇女,并没有男性。我记得很清楚,不会有错的。"

被小川如此干脆地否定,鬼贯不禁感到有些为难,但马上又询问道:

"那也有可能是六百一十次列车。"

"负责给那趟车检票的是山下君。他现在正好没在值班,我们宿舍就在五百米开外的地方,不如你去那边看看吧。"

站长从桌上撕下一张便笺纸,给鬼贯画了一张简单的路线图。

"那里的看门人不会说话,你按三下门铃就好,那是叫日本人出来应门的暗号。"

"那我就打扰了。"

同二人辞别后,鬼贯离开车站,按照站长给的图示一路走去。他抱着满心的期待,相信这次一定能得到什么线索,迈出的步子自然也大了起来。

经过白玉山的表忠塔后,很快就到了站员宿舍,那是一幢俄罗斯风格的阴郁二层小楼。鬼贯按照站长的提示连按三下门铃,不一会儿,果然有个理着寸头的日本青年走了出来。鬼贯向青年说明来意,那青年面露诧异的神情告诉鬼贯说他就是山下。山下把鬼贯带到一间略显昏暗的房间里,鬼贯又把事情经过简单介绍了一遍,并向山下寻求帮助。山下接过那两张照片,目不转睛地看了许久,这才回答道:

"六百一十次列车的旅客中的确有类似的人物。应该说,那男人后来又乘坐十七点五十分到达旅顺的返程列车回来了,当时我就觉得很奇怪,因此记得很清楚。我还记得他回来时帽子戴到了后脑勺上,里面露出凌乱的头发,领带七扭八歪的,脸色也一片苍白。他摇摇晃晃地来到检票口,还没把票给我就走远了,于是我只好把他叫回来,当时就想,这个人好像跟今天离开旅顺时的状态大不一样了,到底是发生了什么事呢。不过看了这两张照片,我实在分辨不出到底谁是当时乘车的那个旅客。如果那个人没戴帽子的话,可能还认得出来。请问他们是两兄弟吗?"

"这就是现在闹得正火的佩特罗夫事件的嫌疑人兄弟啊。你平时不看报纸的吗?"

青年微笑着摇摇头。

"还真不怎么看呢。最近实在是忙得晕头转向啊。"

"话说回来,你还记得他车票上印的站名吗?"

"去的时候没有注意,不过回来时我看到是夏家河子到旅顺的三等坐票。毕竟当时那个男人实在是太异常了,我也是吃了一惊才会注意到他车票的内容,因此记得非常清楚。"

很好,鬼贯想道,这就足够了。刚才他也思考过这一可能性,若乘坐六百一十次列车于十五点三十二分到达夏家河子,就能刚好赶上行凶时间。若凶手要搭乘下一班列车逃往旅顺的话,最早出发的就是六百零九次列车。他之所以没有直接逃往大连而是回到了旅顺,多半是为了向兄长和娜塔莉亚告白自己的罪行。

鬼贯见嫌疑人的行动逐渐明晰起来,高兴得用难以掩饰兴奋的声音，向山下道过谢后，走出了站员宿舍。他看了看时刻表，离下一班列车出发还有两个多小时。他便放弃利用旅顺线列车，而是大步走向了公共汽车站。

2

就在两个小时前，帕克尔一家的门铃被按响了。当时娜塔莉亚的母亲玛尔达正在收拾午饭的餐具，她听到门铃迅速解开围裙，一边开门一边猜测来客会是什么人。在这个只有母女两人居住的家里，一般不会有什么访客。只是这几天因为佩特罗夫老人被杀害的案件，让她们家的客人也多了起来。在玛尔达开门之前，就有预感这次的客人也跟事件有着某种关联性，搞不好又是那个叫鬼贯的警部。

但开门一看，她才发现自己的预感只对了一半。因为站在门前的不是鬼贯，而是面带精明笑容的安东。

"呀，你可是个稀客啊。快进来坐吧。"

玛尔达打从以前就不喜欢他那不安分的眼神，但还是很有礼貌地说道。安东脱下帽子，拍了拍身上的尘土，这才进入室内。他被领到了起居室而不是客厅，只见娜塔莉亚正带着一脸阴郁的表情陷在沙发里，片刻不停地织着什么。她见安东出现，懒洋洋地站起身，有气无力地招呼道：

"啊，又见面了啊。你什么时候过来的？"

"刚来不久。我在东方酒店订好房间后马上就过来了。我在报纸上看到科拉[①]情况不妙，就赶过来了。"

他一迭声地说道。表面上听起来像是慌张的语气，但安东却是生来便与狼狈一词无缘的男人。他总是在机关算尽之后，才会发起行动。

"是嘛。不过我们前不久得到通知，说尼古拉已经被释放了。他现在应该在萨沙[②]那里吧。不过也有可能已经回旅顺去了。毕竟那些鸟儿是他的宝贝啊。"

"哈哈哈，就是啊。科拉那家伙除了鸟也没别的爱好了。不过啊，鬼贯警部好像认定犯人就在我们三人之中了，所以现在还不能太过放心。"

"所以我现在也很沮丧嘛。"

娜塔莉亚把手中的活计放到沙发上，双手抱胸。

"一旦科拉的嫌疑被洗清，接下来就是萨沙了。那警官已经看穿了科拉的伪造证据，这下萨沙肯定逃不过去了。"

她平日里虽然很讨厌安东，但如今他却是自己的最后一根救命稻草了。

安东露出一副莫名其妙的表情。

"我现在完全搞不清楚状况。你能从头跟我讲一遍吗？"

"也对啊，那我就从头说一遍吧。萨沙他运气真的是太差了，搞不好可能会背上莫须有的罪名。一想到这里，我整个人都快要疯了。"

[①]尼古拉的昵称。
[②]亚历山大的昵称。

就在娜塔莉亚开始变得歇斯底里之时,母亲把茶端了进来。

"娜塔莉亚,你怎么能这么激动呢。"

"没办法啊,你叫我现在怎么冷静得下来?"

她似乎一直坐立不安。

"你还是不要太激动了。说不定我还能想出什么好办法来呢。好了,快把事情都告诉我吧。"

被安东催促,娜塔莉亚开口道:

"那天我们不是到旅顺去了嘛。当初是同科拉约好了三个人一起参观战场遗址的。但叔父大人突然寄来了那封信。于是萨沙就想在事前与叔父大人见一面,好好商量商量,便留下我们两个参观战场遗址,他自己则到夏家河子去了。谁知去到那里才发现,叔父大人竟然被杀了。我们两个当时还一无所知,参观完战场遗址就回到科拉家里去等萨沙了,最后萨沙一脸苍白地走进来,把我吓了一跳。还好科拉脑子转得快,马上伪造了自己的不在场证明,又把真正的不在场证明让给了萨沙。本以为这样就没事了,结果那个警官却一下就看穿了我们的谎言。"

随后,娜塔莉亚详细说明了尼古拉兄弟的不在场证明,而安东则出神地听着,不时点点头。

"娜塔莎①,你担心也是很正常的事情,毕竟这事情一个不小心就麻烦了。让萨沙被当成凶手的确不太妥当。"

母亲似乎不明白他为何要用不太妥当这一说法,露出了困惑

---

①娜塔莉亚的昵称。

的表情，最终因为担心胜过了一切，便也没有追问。

"总之，萨沙和科拉之所以会被追查，是因为他们伪造了自己的不在场证明。而我的不在场证明则是确凿无误的，所以就算对手是聪明过人的警官，也拿我毫无办法。不如这样吧，我先把警官的注意力从萨沙身上引过来，再趁此机会商量善后的对策怎么样。"

这一对策究竟可不可行，没人能够打包票，但鉴于再也想不到别的办法，母女俩只好对安东的办法表示赞成。

亚历山大被捕

鬼贯到达位于星浦的亚历山大家中，已是当天晚上七点多了。白天明明热得像夏天，一到夜里却冻得不得了，寒风吹拂着电线，发出"呼呼"的声音。

从电车上下来，鬼贯沿着丘陵高地间落满金合欢树叶的小道走了十分钟左右，眼前豁然开朗，此处与丘陵顶端的豪华宅邸不同，竖立着十余座别致的小屋。这里是连大连市民都少有人知的世外桃源，名叫木星町。

鬼贯每逢假日都会独自来到这里漫步，因此他知道右边那座细长的平房里住着一位美国老太太以及一条与她同样瘦小，却酷爱叫唤的梗犬。不仅如此，他也知道左边那座带有网球场的宅邸属于那位驳回了部下扩张蓄水池的议案，引发大连水荒，让许多市民患上痢疾[①]的政府官员。

亚历山大的小房子就在木星町最深处，一座丘陵的脚下。鬼贯自行打开低矮的院门，穿过庭院按响门铃，因为房子实在太小，铃声似乎震动了整座宅邸，不一会儿，亚历山大就出现了。

他性格向来有些神经质，自然也能快速读懂他人的表情，只见他看到警部好似老鼠看到了猫，片刻，又因为耻于自己的窘态而满脸通红，待他结束那红一阵白一阵的变脸后，便安静地把警

---

①此处指一九三九年大连痢疾肆虐，文中提到的官员姓名不详。

部引入了室内。鬼贯不给他离开的时间,反客为主地请他坐下慢慢说话,然后耐心地看着他为了镇静情绪点起一根烟,深深吸了一口。

"唉,我这人干的就是问问题的活儿,有时候自己也会厌烦自己,不过我还是想问一下,你在事发当日有没有戴手套呢?"

亚历山大正忙着控制自己的眉毛和鼻孔保持镇静,听到鬼贯的问题先是吓了一跳,马上又放弃了挣扎,流利地回答道:

"没有,我从离开家那一刻开始就没戴手套。"

鬼贯满意地点点头。猎物又向他设下的陷阱靠近了一步。

"还有另外一个问题,你最近有没有从兄长尼古拉那里借过钱呢。"

"不,没有。我工资虽然低,但还是可以养活自己的。"

虽不知道鬼贯想说什么,但总归是对自己不利的话,亚历山大已经有了心理准备,因此并不做多余的挣扎,而是直截了当地回答道。

鬼贯心想,作为一个俄国人,他能拥有如此谛观还是十分罕见的。但想到马上就能把那个耍得自己团团转的伪证一举推翻,他也就无心去感慨那些了。

"那可就奇怪了。案发当日博物馆收到的那张十日元钞票因为来客稀少,一直被收藏在手提保险箱里。但经过警方一番调查,你知道吗,那张钞票上检测出了三个尼古拉的大拇指指纹哦,唯独没有一个你的指纹。于是我想,那莫非是你从尼古拉那里借来的钞票,所以才会沾上他的指纹吗?可是刚才你却说,从未向兄长借过钱。另外我又想，钞票上之所以没有你的指纹，是不是因为你戴了手套呢，但你却说自己并没有戴手套。当然，我也听取了其他人的证词，但你不觉得这很奇怪吗？这样一来结论就只有一个了，那就是当天在博物馆购买宣传册的并不是你，而是尼古拉啊。再进一步推理下去，当天陪同娜塔莉亚小姐游览鸡冠山的搞不好也是尼古拉。我注意到这一点后，就找到旅顺和夏家河子的站员进行了一番询问。结果那些站员从整整半打照片中准确地挑出了你的照片哦。我现在已经查清了事实，亚历山大先生，你当天下午乘坐了十四点三十分从旅顺出发的列车前往夏家河子，又乘坐十七点五十分到达旅顺的列车回来了。你还记得当时你忘了把车票交给检票员，被他叫住的事情吗？另外我觉得十分困惑的是，我们在佩特罗夫的书房中检测出了很多你的指纹。当然，那毕竟是你叔父的家，自然有可能是以前造访时留下的。但甚至连当天早上被送到家中的《满洲日报》上都发现了你的指纹，你不觉得这很可疑吗？"

"警部先生，不要再说了。"

亚历山大面色苍白地站起来，伸手阻止鬼贯道。不过，他马上又把语气缓和下来说：

"是吗，原来你是来逮捕我的啊。那请先让我准备一下。当然，我可以向上帝发誓我是清白的，想必你以后也会意识到这一点。"

他满不在乎地站起来，朝鬼贯点了点头，就走进了隔壁的房间。

鬼贯等待亚历山大整理东西的同时，尽情享受着胜利的快感，但总觉得心中有一丝难以名状的寂寥。他将其归结为自己没能采取正面攻击,而不得不使用虚张声势的手段。因为关于钞票上的指纹那段话,完全是他胡编乱造的。佩特罗夫宅邸中虽然的确找到了指纹,但那也只是印在数日前的一张英文报纸上的模糊印记,数量也只有一枚而已。

夜 客

亚历山大在警署过了一夜，第二天早上就被释放回家了，但每天还是会被叫到警署中接受各种审讯。当局考虑到之前对其兄长尼古拉进行逮捕时犯下的错误，此次摆出了不得出确切结论绝不鲁莽行事的态势。但到了第四天，消息对媒体解禁后，他的被捕还是被大肆报道了一番。

就在亚历山大被捕当晚，鬼贯在家中接待了安东的来访。他穿着一身典雅的茶色西服套装，看起来与平时判若两人，简直就像一个淡定的绅士。此举给他增添了某种稳重的气质，看起来足足老了五六岁。

安东看到鬼贯一身休闲的家居和服装扮，先是露出了些许惊讶的神情，随后马上又欠身道："前几天真是失礼了。"

"我都不知道你人在大连呢。"

"是这样的，我听说尼古拉被捕的消息，马上就赶过来了。怎知到这里一打听，才得知现在又轮到亚历山大被捕了。先不说亚历山大经受的那些审讯吧，最可怜的其实是等在家中那个未婚妻啊。娜塔莉亚如今简直就是在上演名为'狂乱'的一幕悲剧。话说回来警官先生，你真的认为凶手是亚历山大吗？"

鬼贯沉默片刻，点了点头说：

"我的确这么认为。"

"那可真是……"

他夸张地挠了挠头。

"你真心这么认为吗？那可太不像你了。那个性格柔弱的男人怎么下得了手去杀人呢。鬼贯先生，我并不是因为他是我堂兄才说这些话的。而是可怜他那懦弱的性格，并对此表示轻蔑。就算不是这样，鬼贯先生，你也不得不承认自己向亚历山大提出的全都是间接证据对不对？其实，我已经和尼古拉一同调查过你提出的证据——博物馆的十元纸币，发现那只是你舌绽莲花瞎扯出来的。至于杀害伯父的事也是一样。想必他的确到过夏家河子，也一定进入了伯父家中吧。但事实上他只是发现了伯父的尸体，并大惊失色逃了出去而已。像他那般性格懦弱的男人，完全有可能在惊慌失措中把指纹搞得到处都是。我想问问，当局是否发现了被用作凶器的点二五口径手枪呢，又是否能拿出其他的物证呢？"

他在说到"物证"二字时故意加重了语气。

鬼贯轻轻颔首，目不转睛地看着越来越激动的安东。

"再举个例子，犯罪现场的红茶勺不是不见了吗？其实原因很简单，凶手知道自己的指纹印在了上面，又懒得擦掉，便直接放在口袋里带离了现场。如果把指纹印得到处都是的亚历山大就是凶手，那这种行为不就是藏头露尾了吗？他毕竟不是三岁小孩了，就算再怎么慌乱也不可能做出如此矛盾的举动吧。"

"原来如此，那可真是个尖锐的指正。"

"我只是想指出间接证据中存在的谬误而已。你知道自古以来，有多少人因为间接证据而被执行死刑，其后才找出真正的凶手吗？"

安东在说出死刑一词时，还一拳砸向了桌子。

"其实说句实话，亚历山大是死是活我一点都不关心。人类要如何结束自己的生命，那完全与我无关。我生来就不是会对他人寄予同情的男人。我的信条无非就是只要自己活着就好。亚历山大是起是落，我才懒得去管。你别怪我啰唆，我这人对别人的生命根本毫不关心。哲学家提出过什么一元论二元论之类的鬼话，照我看来，什么灵与肉之类的完全没有意义。存在其实是与虚无相通的，换句话说就是无元。比如说这张椅子，还有坐在上面进行着呼吸这一生命运动的你，再到养育万物的这个地球，这些东西在无限的悠远看来都是毫无意义的虚无。就连人类在心中描绘的诸神，也会随着人类的灭亡而毁灭。这就是我的看法，你觉得，在这样的我心中，生与死的问题能占据多少地位呢？"

"原来如此。"鬼贯再次重复先前的回应，并点点头说，"你的想法如何，我完全无法干涉，也不想去干涉，但若硬要我说些什么的话，我只能表示自己完全无法赞同那样的想法。如果用一句话来概括我的印象，我认为你像个虚无主义者。不过我这里还有三个疑问，能请你回答一下吗？"

安东满不在乎地点点头。

"那我就失礼了，我记得你曾经说过，在乘坐二十二次列车经过大石桥站时，给哈尔滨的一个朋友发过电报对吧？我后来仔细一想，在列车上接收回电是不是有点困难呢？万一对方的回电比列车晚这么一分钟到达寄存的车站，那不就送不到你手上了吗？所以，若要保证自己能收到回电，最保险的方法应该是让电报发到海滨旅馆去。我认为这是最基本的常识啊。"

"哈哈。"安东毫不犹豫地反击道："我知道你想说什么了，你的意思是，我之所以要急着在列车上收回电，其中还隐含着别的意义对吧……比如强调自己的不在场证明……我非常遗憾地告诉你，事实并非如此。其实我对自己赌马的运气还是很有信心的，像此前那样的失败几乎从未发生在我身上。但我这次是趁着出门的机会，瞒着内人让朋友帮我买的马券，心想如果这次又失败的话，就要在大连找塔伯尔斯基借点钱来花了。你想想，就算对方是自己的好朋友，你也应该会尽量避免谈到借钱这种事情不是吗，所以我无论如何都想在与他见面前知道赛马的结果。这下你总算明白了吧。"

安东等鬼贯点头表示理解后，又用充满自信的态度催促他问下一个问题。

"第二个疑问呢？"

"我第二个想问的，就是你和塔伯尔斯基共进晚餐并与他辞别后，都做了些什么？"

"嗯？"

这位常胜将军似乎终于意识到了对手来势凶猛。他之所以表现得如此动摇，只要看接下来的回答便可明了。

"就在附近闲逛啊。"

"希望你不要再隐瞒了。因为我已经得到情报称，当时你在大广场的长椅上与一名俄罗斯妙龄少妇进行了秘密会谈。"

"你说什么？"

安东看着鬼贯的表情，像是踩到了地雷一般。鬼贯万万没有想到自己的问题竟能给敌人这么大一个下马威，心中暗自叫好。随后，他用更加沉着的语气继续道：

"没错，而且我还知道，你把手按在了那位女性的肩膀上，说了一句'Ничего'呢。"

"哦哦，警部，请你不要再说了，不要再说了……"

安东话音里带上了一丝惊惶。

"那件事跟本次的案件毫无关系。既然如此，我就把我能说的都说出来吧。其实，这是在我遇到运环之前发生的事情。当时我还年轻，曾经跟一名俄罗斯妇人通过许多书信。后来的事情你也可以想象到了，那妇人利用那些信件三番五次地来敲诈我。当时因为对方刚好也在大连，所以我们就约在一起进行了交易。这事可千万不能让内人知道。要是她知道了，肯定会离我而去的。这样一来我就跟死人没什么两样了，而且此前一直为了隐瞒内人才被那妇人敲诈了那么多金钱，这个时候被她知道，那些钱就花得毫无意义了。就因为这样，我才对你隐瞒至今的。"

他一边飞快地说着，一边神经质地不断解开又扣上衣服的扣子。鬼贯没想到事态竟演变为他向自己倾诉隐瞒已久的秘密，顿时不知道怎么回应才好。若是换作平时，安东一定会反驳说那与不在场证明毫无关联，但他如今连这最低限度的反驳都忘记了，而是露出从未有过的狼狈之相。看着他不断擦拭额头上的汗水，鬼贯甚至开始觉得他有些可怜。

"那我再问第三个问题吧。自称不顾亚历山大生死的你,为何会专门前来替他辩解呢。"

听到这里,安东马上忘记了刚才的狼狈,而是再次握紧拳头狠狠砸向桌子,随后连吼带叫地说:

"问题就在这里,问题就在这里。我根本不是来替他辩解的。"

"是吗,那你为谁而来的呢?"

"当然是因为你们对这个杀人之谜采取了随便应付的态度,得出了差之千里的解答,这会让煞费苦心设计了这个谜题的挑战者感到大失所望,沮丧不已啊。"

有这么一瞬间,二人都陷入了沉默。

"那你说说,那个挑战者究竟是谁呢?"

"我怎么知道!把他找出来不是你们警察的工作吗?"

说到这里,来客重新戴好帽子站了起来。鬼贯一边把他送出玄关一边说:

"听你说了这么多,让我感觉你在暗示自己才是真凶啊。我刚才虽然对你说过,我相信亚历山大就是本案的真凶,但说句实话,其实早在三四天前,我的亚历山大真凶论已经开始动摇了。"

安东投过来充满挑衅的目光,鬼贯沉默地点点头。

"鬼贯先生,晚安了。我觉得事情已经越来越有趣了呢。"

鬼贯握着他的手回答道:

"其实我也这么认为啊,安东先生。那么再见了,晚安。"

"再见。我准备明天就回哈尔滨。既然已经让你意识到了亚历山大是无辜的,那么我今晚来访的目的也就达成了。"

最后一环 ———

1

亚历山大被捕后的第三天晚上,本来就因父亲的离去显得无比寂寥的娜塔莉亚家中,遭受了连续打击而变得沉默不语的母女俩坐在深秋点起的第一膛炉火前相对无言。偶尔会有人打破沉默,但在两三句交谈之后,整个屋子又会如同投石入水后激起的波纹一般,重新归于沉寂。

刚过七点不久,玄关传来一声短暂的门铃,告知二人有客人来访。但母女俩只相互看了一眼,甚至没有起身应门的气力。不一会儿,门铃又响了一声,玛尔达这才不情不愿地站了起来。开门一看,来访者原来是鬼贯。

鬼贯再次被带到屋里,但两位女士敏感地察觉到,今晚的他看起来与平日有所不同。果然,他马上开口说道:

"我由于某些原因不得不离开大连了。因为事发突然,连我也毫无心理准备。"

听到他带着惋惜的口吻说出那些话,玛尔达也大吃一惊。

"呀,是升迁了吗?"

"哪里是升迁啊。前几天署里安排了一次定期健康检查。医生叫我去拍一张 X 光片。结果他看完片子对我说,我的肺里有块阴影。毕竟住在满洲的日本人肺结核死亡率非常高,所以医生就吓唬我说，若不马上转移到温暖的地方去疗养，我就要小命不保了。"

"那是因为日本人的脂肪摄取量太少了啊。你得多吃点黄油才行。"

"我也打算今后要多吃一点了。不过，那医生已经手脚特别麻利地给我定好了一家疗养院。既然如此，我也只好乖乖住进去了。因为还有别的申请人排在我后面等床位嘛。可是……"

鬼贯说到这里顿了顿，轮流看了看二人的表情，这才继续说下去。

"现在说这种话可能显得有些奇怪，但我觉得亚历山大应该是清白的。前几天之所以要逮捕他，是因为我们发现了他伪造的不在场证明，但现在看来，那似乎是我的判断出错了。当然，事到如今认为他是清白的也只有我一个人，署长和其他警官都还在全力以赴地想攻陷他。"

听到这一意外的告白，母女俩不禁面面相觑，不知到底该不该相信鬼贯的话。

"安东没跟你们提到过这些吗？"

"不，从未提到过。"

鬼贯对昨夜来访的安东也说过同样的话。他本可以将鬼贯认为真凶并不是亚历山大这一想法告知玛尔达母女，让她们多少安心一些，但却没有这么做。为此，鬼贯不禁疑惑不已。随后又想，那一定是因为安东的性格问题吧。

娜塔莉亚闻言不禁探出身来。

"那么……真凶是？"

"从三人中除去二人，不就剩下一个人了吗？其实我也已经推理出了一个大概，只是如今不得不留下只进行到一半的调查回国疗养，实在是太遗憾了。不过，我的想法里也存在着一个很大的漏洞。"

说到这里，鬼贯稍微停顿片刻。

"是什么样的漏洞呢？"

"就是夏家河子那家杂货店小店员的证词。他说当天下午三点四十五分给佩特罗夫送去了奶酪，彼时听到了佩特罗夫的声音……若他说的都是事实，那这个谜题是绝对无法解开的，可是我又不认为他在撒谎。所以这其中一定存在着某些错漏，但凭我的脑袋却怎么想都想不通。"

鬼贯宽阔的额头上已经浮现出疲惫的神色，母女俩看在眼里，都惊叹于他的劳心费神。

"那么你打算何时出发呢？"

"毕竟时间很紧啊，所以我打算乘坐二十二日启航的阿根廷号轮船。"

说到这里，鬼贯突然想起什么，从包里取出一本笔记本，交给了娜塔莉亚。

"这是我给你们留下的礼物。里面记载了二十二次列车几位乘务员的证词，我相信，那些证词里一定隐藏着凶手进行不可能犯罪的关键所在。"

2

　　这是一个大雾弥漫的清晨。号称全东洋设备最先进的第三码头正停靠着两艘轮船。前面那艘小轮船是负责天津、上海航线航务的奉天号，后面那艘巨轮（对这个码头来说）则是载重量一万三千余吨的阿根廷号轮船。不巧的是，今天天气阴霾，能见度不足百米。因此预定十点启航的轮船已经在码头耽搁了整整一个小时，但雾气全然不见散去。远处那艘正欲停靠在第二码头的外国货船发出低沉的汽笛声，透过客舱乳白色的窗帘，震动着人的肠胃。眼前的水面上突然泛起波纹，那是检疫员搭乘汽艇敏捷地穿梭在巨船之间，朝着港外开去。娜塔莉亚站在岸边紧握着铁栏，手套早已在不知不觉间湿透了。

　　甲板上突然响起刺耳的金属碰撞声，只见一名身穿白色上衣的船员穿行在人群中，不停地敲着手上的铜锣，听到那个声音，聚集在客舱和甲板上的送行人与亲友匆匆交换了最后一次问候，纷纷穿过固定在岸边的驳船回到陆地上。

　　娜塔莉亚高喊一声鬼贯的名字，将一直握在右手中的彩带扔到了斜上方的甲板上。鬼贯笑逐颜开，飞快地拾起那条彩带。紧接着，所有送行的人与被送行的人都相互投放起了彩带，轮船与陆地间马上连起了一条条五彩桥。人们手握彩带两端，在纸带断裂前最后一次依依惜别。

　　不久，最后一组锣声快速敲响，驳船顺着滑轨移开，扬声器正在播放的《萤之光》①被替换成了《夏威夷骊歌》②。

一声吓破人胆的汽笛声旁若无人地轰鸣起来，巨大的螺旋桨开始转动，待乘客发现轮船开始移动时，船与岸之间已经分开了一两米的距离。海面上生出一个巨大的旋涡，两只海鸥轻快地俯冲下来，捉到小鱼后迅速离去。

"Будьте здоровы！③"

娜塔莉亚挥手大叫道。

看着黑色的船影渐渐消失在视线中，她深切体会到了四面楚歌的感觉。无论她看向何方，所见之人都是亚历山大的敌人。想到这里她不禁绝望不已，甚至觉得自己快要被吸到那黄绿色的旋涡中了。她用纤细的手指抵住洁白的额头，呆立在原地久久不能动弹。

3

二十八日夜，娜塔莉亚给自己唯一可以依靠的人——身在东京的鬼贯打了一通长途电话。自两人上次分别才只有一周的时间，但想到彼此相隔了数千公里的距离，两人不免有些激动。

"你好，是娜塔莉亚小姐吗？今晚你那边能听清吗？"

---

①日本歌曲，改自苏格兰民谣《友谊地久天长（Auld Lang Syne）》，战后被台湾改成中文歌词的《骊歌》。
②此处指夏威夷民谣《Aloha 'Oe》，直译过来是珍重再见。据传是在夏威夷王国与白人势力进行抗争时创作的歌曲，歌词讲述了一名少女与军人离别的光景。
③"保重"之意。

"嗯，今晚听得特别清楚。不过有时还是能听到'沙沙'的杂音。疗养院的生活怎么样呢？"

"想必你不是想知道我的疗养生活才打电话过来的吧？亚历山大现在怎么样了，毕竟你的来信要五天才能投递到这里，请告诉我最新的消息吧。"

"今天我去警署看他了，他看起来虚弱得不行。因为警方对他的审问实在是太严厉了。如今他已经把该交代的都交代了，所以也就没有什么更新的消息了。不过有一点，可能并不太重要。他说：'我造访叔父的具体时刻，从十五点三十二分列车到站开始计算的话，途中大概花了十分钟，因此到达叔父家的时间应该是三点四十一二分左右，当时我就发现，叔父已经死了。'警方当然把这些话当成了彻头彻尾的谎言不予采信，所以亚历山大也开始自暴自弃了。这一举动又让警方对他增添了更坏的印象，所以我也劝他不要那样，但他就是不听。"

"嗯，原来如此啊……只有这些了吗，他还有没有说些别的什么？"

"不，没有了……对了对了，刚才我去看他时，他说了这么一句话：'警方掌握了叔父到当天下午四点还活着的证据，所以就算我说自己三点四十分到达时叔父已经死了，他们也不会相信的。有个杂货店的小鬼说送货时听到了叔父的声音，其实那是我在慌乱间模仿叔父的声音做出的回应。现在回想起来，早知道当时就不要说话了，但那时候面对叔父的尸体，真的是慌了手脚，才会做出那个错误判断。不过警方根本不相信我说的话，所以我也就没把这件事说出来。'"

"那是真的吗?亚历山大是什么时候学会模仿他叔父的声音的?"

"因为佩特罗夫叔叔的中国话说得非常蹩脚,亚历山大跟我们开玩笑时经常模仿他的口音。"

"这可是重大线索啊。为什么你一直不告诉我呢?要是你早点儿说出来,亚历山大也就不用受那些苦了……娜塔莉亚小姐,亚历山大是清白的,绝对是清白的。听到这句话,我的疑惑就全都解开了。我怎么没早点儿发现这个线索呢。娜塔莉亚小姐,现在我已经确定凶手的真实身份了。"

"是吗,真凶到底是谁呢?"

"我此前不是说过吗,三人中除去两人,就只剩下一人了……啊,接线员同志,已经过了三分钟吗?我们马上就说完了,就再说一句。娜塔莉亚小姐,请你仔细看看我总结的笔记和列车时刻表。事到如今我也没有心情静养了,我会尽快买到船票。请你不必为我担心,因为之前已经请心肺科的专业医师给我看过了,我的病只是非常轻微的肺结核而已。是的,我明晚就出发。那就这样了……晚安……"

鬼贯飞快地说完,娜塔莉亚也被他的情绪所感染,用同样飞快的语速回了句"Спокойной ночи[①]"。

[①] "晚安"之意。

娜塔莉亚北上 ———

1

俄语新闻广播的播报时间是每晚九点半。在娜塔莉亚与鬼贯通过电话的两天后,也就是三十日晚上,母女俩坐在沙发上,习惯性地打开了收音机。娜塔莉亚忙着完成她从初秋便开始为亚历山大编织的毛衣,但一想到自己的未婚夫前途未卜,手上的动作就时不时地会慢下来。

整点对时结束后,广播员开始播报新闻。片刻,母女俩便惊讶得面面相觑。

往来于神户与大连之间的日满联络船竟在朝鲜的木浦冲触礁沉没了。因为时值深夜,且轮船在不到三分钟的时间里就完全沉了,故生还者寥寥无几。

鬼贯警部要是运气不好的话,应该坐上了那条船。玛尔达听到这里,心脏顿时停跳了一拍,她惊讶地看着娜塔莉亚,二人都不知如何是好。

"这样一来,就只有你能把萨沙救出来了。幸运的是,鬼贯先生已经给了我们十分重要的提示不是吗?好了,提起精神来吧。"

"我会尽力的。虽然不知道能否顺利进行……不,无论如何都要靠我自己的力量来解决这件事。因为如今相信萨沙清白的,就只剩下母亲你、科拉还有我这三个人了。"

母亲亲吻着女儿的额头，用温柔和充满鼓励的眼神看着她，用力点了点头。

2

翌日，娜塔莉亚换上一身轻便的套装，提着一个小小的手提包，离开母亲坐上了大连站始发的亚洲号[①]。平时这趟列车都是人满为患，但今日却是空荡荡的。娜塔莉亚起初并没有什么想法，但一想到车内如此空荡的原因，表情马上僵硬起来。

住在大连的人们在下船后马上就会回到自己家中，好好睡上一觉以解旅途劳累，但住在奉天、新京和哈尔滨等内陆城市的人们则必须在码头搭乘公共汽车到大连站，再乘坐列车摇晃一段时间，才能回到家中。今天车上之所以出现了这么多空座位，肯定是因为联络船在朝鲜沉没了。娜塔莉亚认为鬼贯遭遇如此惨祸都是自己的责任，因而痛心不已。

娜塔莉亚的斜前方坐着一名貌似建筑工人的男人，正与一个看似同行的胖男人谈得正欢。不一会儿，发车的铃声响起，坐在车内的乘客与站台上送别的人群隔着紧闭的双重车窗或是挥手，或是抹泪，上演着一出出离别的默剧。娜塔莉亚因为是独自出行，便在一旁饶有兴致地看着那些人，此时发车铃中断，车头处响起

[①]作者注：亚洲号是满铁（南满洲铁道株式会社）号称世界第一的特快列车。车内配备了冷暖气，其最高时速能达到一百三十七公里，采用了当时世界顶尖的技术。

了汽笛声，亚洲号缓缓开动起来。待车内将行李收入行李架的声音和人群来往交错的嘈杂声平静之后，冷不丁又响起了一个男人的叫声。娜塔莉亚循声看去，原来那就是刚才那个来车上送行的建筑工人，此时他正满脸通红地在车厢内来回转悠。

这辆特快列车一旦发车，就要一直开到大石桥才停站，那名建筑工人先是气自己一时糊涂，不久又因为自己的窘态笑了起来。过一会儿再望过去，两个人都已经大张着嘴熟睡过去了。看他们那个样子，恐怕到了大石桥又会错过下车的时间，娜塔莉亚不禁暗自为他们担心起来。

经过周水子车站后，亚洲号便离开旅顺线一路向北开去，速度也越来越快了。在经过"山川草木转荒凉"的金州站后，列车又开过了二十里台站，那附近曾经挖出过几百年前的莲子，据说还在站台附近的水塘里培育成功了。不久之后，又经过了因出土三叶虫化石而名扬海外的三十里堡站，随后，列车便径直驶向关东州和"满洲国"的交界处。一旦穿过这条地界，这辆特快列车就会一路不停地穿过设有铁路机关区的瓦房店、以温泉闻名的熊岳城，在黄色的原野上疾驰，最后慢慢减速，在大石桥站停下来。这个车站位于哈尔滨与营口的铁路分叉点，因此被频繁来往的火车熏得一片漆黑，脏是脏了点儿，但车站本身还是很雄伟的。

娜塔莉亚刚才还在为之担心的那名建筑工人此时已经醒来，还没来得及与同伴道别，就像屁股着了火一般急匆匆地下了车。

停车五分钟后，亚洲号再次开动了。列车驶过过去曾经靠近海岸的海城站，在离开拥有众多炼钢厂的鞍山后，车速达到了一百二十公里每小时，又经过硝烟味浓重的首山、辽阳，渡过浑河，到达了奉天，此时是十四点十七分，距离大连发车已经过了五个小时，行驶了四百公里。

过半乘客在此下车，又重新换了一批新的乘客。列车开动后，接下来的一段旅途比较乏味。娜塔莉亚看着西斜的阳光，心中泛起丝丝愁绪，她不禁想到了留在大连的母亲。不过她马上又意识到自己肩负的重大使命，便在心中暗暗发誓，必须要一举拿下安东。

她又经过了安东自称遇到了多尔涅夫的铁岭站，到达四平街站时，列车左侧车窗射进来的夕阳已经像血一般通红，把她的白色手套也染成了血色。亚洲号缓缓驶入首都新京站时，已经是十七点五十五分了。娜塔莉亚提着皮包下到站台上。她本想先到旅馆里休息一会儿，但想到亚历山大的境遇，又觉得那是奢侈之举。于是她便在洗手间简单地补了个妆，开始寻找车站的行李寄存所。她在车站混杂的人群中不断张望，总算在一个角落里发现了目标。

行李寄存所内站着两名身穿立领制服，分不清是中国人还是日本人的站员，正在为两三名乘客进行行李服务。娜塔莉亚站在一旁等到那几个客人离去，这才对空出手来的站员招呼了一声。她的日语说得非常奇怪，但让她长出一口气的是，对方的日语也好不到哪儿去。原来那是个中国人。

"你好，我想请问一下。"

"有什么事吗？"

那个人转过泛着油光的脸看向娜塔莉亚。习惯吃中华料理的中国人脸上总是会泛起一层油光。

"好了，接下来该怎么提问呢？万一问了不该问的事情，伤害了对方的感情那就不好了。娜塔莉亚虽然在列车中跟自己演练了无数次，此时却脑袋一片空白，愣在原地半天没有说出话来。

"那个，我想问个事情……"

她又重复了刚才的台词，无意识中想给自己赚取一些思考的时间。

"我们公司有一名员工九号晚上出差到了大连，但他当时错过了特快列车，到达大连时已经是下午六点半了，所以没能与那边的联系人取得联络。为此他已经快要被公司辞退了，但本人却说自己迟到并非出于故意渎职，而是因为在这里寄存行李的票据丢失了。因此社长命令我前来调查是否确有其事，请问你还记得这么一件事吗，那是九号晚上的事情？"

娜塔莉亚总算挤出这么一句话，只见那站员噘着嘴，挑起一边眉毛盯着天花板，随后又用完全不像车站站员的亲切口吻反问道：

"是九号几点的事情呢？"

"他本人说是快到晚上十一点的时候。"

"啊啊，我想起来了，就是那个黑白相间的皮箱对吧？那个俄国人既不会说日语也不会说中文吧。我记得很清楚。因为他无法出示寄存证，我们也碍于职责不能轻易把皮箱交给他。"

"果然是这样吗，谢谢了。"

她匆匆结束对话进入食堂，找了个空位坐了下来。因为正是晚饭时间，食堂里到处都坐满了人，服务生也捧着碗碟忙碌地穿梭在桌子之间。

她点了一份三明治，在等待期间，暗自感叹着自己说谎的才能。自己竟能面不改色地瞎扯出这么一大段话，想来真是太稀奇了。至于谈话的结果，她只得出了安东所言非虚这一结论。

娜塔莉亚吃着服务生送来的三明治，喝了一口咖啡，便从皮包中取出笔记本翻了开来。那上面详细记录了鬼贯之前向二十二次列车乘务员获取的证词。娜塔莉亚看了一遍证词后面的总结。

　　安东所乘二十二次列车之乘务员证词记录
　　离开新京站不久的目击证人——别所。与嫌疑人就卧铺车票进行了交谈。但因其异常忙碌，记忆不太明晰。
　　烟台站附近的目击证人——千叶、堂岛。
　　辽阳站附近的目击证人——远藤。
　　大石桥站前的目击证人——本间。接到嫌疑人发送电报的委托。
　　石河站的目击证人——列车服务生原。但此人只对行李箱有印象，无法断言所见之人确为嫌疑人。
　　离开金州站后的目击证人——车内贩卖员小谢。但只对行李箱有印象，无法断言所见之人为嫌疑人。
　　离开周水子站后的目击证人——原。
　　此外，还有多尔涅夫陪同嫌疑人从铁岭站坐到了奉天，另有塔伯尔斯基于大连站会见嫌疑人。但尚未得到两人的证词。

可是，娜塔莉亚想，无论横看竖看，这不都是一个没有半分漏洞的完美的不在场证明吗？鬼贯的调查不可能出现疏漏。她唯一能想到的可能，就是安东找到了一个与他一模一样的替身。那个抱着行李箱到处示人的有可能是安东的替身。虽然她听说过一个真实的故事，某个素不相识的陌生人竟能骗过一个为人妻子的女人好几年，直到她真正的丈夫从战场上回来才暴露了身份，但这替身之说还是太像小说里的情节了。就算他真的动用了替身，事后要封住替身的口也是十分困难的，因此聪明的安东必定不会出此下策。他一定是独自完成所有计划的。

娜塔莉亚走出车站，进入附近的咖啡厅点了一壶茶，听着音乐一直坐到十点以后，才重新走回车站，坐上了二十二点四十分发车、前往三棵树的普通列车卧铺车厢。列车开动后，服务生马上放下了遮阳板，并把床铺整好。娜塔莉亚躺在舒适的卧铺上，先是思考了一会儿案情，最后终于抵不过旅途的劳累沉沉睡去。

列车到达北满的国际都市哈尔滨时，已经是第二天早上六点四十八分了。几乎所有乘客都在这里下了车，并没有多少人一直坐到三棵树终点站。娜塔莉亚也迅速整理了妆容，下到站台上，发现这里的俄国人远比日本人和中国人要多得多，心中不禁涌起一股犹如回到故国的激动之情。

3

娜塔莉亚走出车站，拦下了一辆哈尔滨有名的拼客出租车对司机说:"请载我到警察街。"年轻的司机身边坐着一名年轻女性,看上去似乎是他的新婚妻子,因为二人一路上都在甜言蜜语,与此同时,司机还十分粗暴地操纵着汽车,因此每转过一个弯道,娜塔莉亚都要惊出一身冷汗。皆因破旧的出租车连车门都无法关紧,指不定在哪个弯道上就会把她给甩出去。汽车中途又接到了另外一名乘客,随后又沿着石板路行驶了二十分钟,这才从莫斯特瓦大街拐到警察街,最后,计程车停在了警察署门前。

娜塔莉亚走下出租车拾级而上,来到警署的接待窗口,要求会见赛亚平警部。

她此前与鬼贯交谈时听说赛亚平是他的好友,还大吃了一惊。不过仔细想想,鬼贯毕竟在哈尔滨的警察署任过职,因此两人相识也是理所当然的。

娜塔莉亚的父亲与赛亚平警部是军队时期的旧友。赛亚平同时也是一名业余男低音歌手,至今仍是哈铁协会合唱团的中流砥柱。娜塔莉亚本人也在五六年前看过他出演的歌剧。当时赛亚平饰演的是《卡门》中的苏尼哈大尉[①],他遭到烟草女工的调戏,露出不知是该高兴还是该窘迫的神情。观众们被他的滑稽动作惹得哄堂大笑,娜塔莉亚虽然也惊讶于他精湛的演技,但更佩服的是他力压全场的强有力的男低音演唱。她当时甚至想,过去他曾用歌声震碎玻璃的传闻看来是真的了。

"呀,你来啦。"

[①] 译者注:苏尼哈实为龙骑兵中尉,该书作者不知为何给每个人的军衔都加了一级。苏尼哈是卡门被逮捕后负责审问的军官。

身边传来一个低沉的声音，赛亚平从娜塔莉亚右边的门内走了出来，他还是与五年前分别时一样，一点都没变老。宽厚的肩膀和胸膛衬托着他略带红晕的健康脸色。即使在父亲投敌之后，他还是用一如既往的温情鼓励着她们母女俩顽强生活下去。

"我还以为再也见不到你了呢。你母亲身体还好吧？那就好。鬼贯君遇到那种事真是太倒霉了，不过他不是那种轻易死掉的男人，一定还在什么地方活得好好的。"

他灰色的瞳孔中流露出温暖的笑意，把娜塔莉亚引入了会见客人用的接待室。

"关于佩特罗夫事件的报道，我从一开始就仔细阅读了，只是后来事态发展得实在是太复杂了。你先坐吧。"

接待员端来了茶水。待其离开之后，赛亚平就探出身子说：

"累坏了吧？哦，真的不要紧吗？那你先从事情的开端说起吧。"

娜塔莉亚把从开端直到她昨夜在新京站的经历都详细地进行了说明，赛亚平则在几个关键之处让她又重复了一遍。

"我明白了。现在乍一看，安东的不在场证明是绝对无法攻破的，但既然鬼贯君说可以，那我们就有必要相信他。只要再把安东的不在场证明仔细验证一番，应该就能发现其中的矛盾之处，最后一举推翻。为此，我决定先去调查那个帮他买马券的朋友，然后再去访问多尔涅夫，向他咨询安东的经济状况，你就先到我家休息一会儿吧。下午三点到游艇俱乐部找我就好。我等会儿先跟内人打个电话，所以你不用客气。对了，你先把鬼贯君的笔记本给我吧，我想研究一下。"

4

民谣诗人野口雨情[1]在造访这座都市时曾留下了这样的诗句：

俄罗斯人翻过高山翻过原野
在哈尔滨安下了温暖的家

哈尔滨一词原为晒网的河滩之意，而那河滩不消说，指的就是松花江沿岸。

在哈尔滨的城市建设过程中，从莫斯科运来了各种各样的建筑材料，与此同时，还有许多用于装运水泥的铁罐。建筑师们通常会将用过的水泥罐纵向切开，待完工后围在建筑物周围充当栅栏。赛亚平的宅邸距离警察街并不远，那里也围了一圈颇具旧时特色的水泥罐栅栏。因为每一块栅栏都是向内弯曲的形状，故一眼便能看出来。

待娜塔莉亚如同亲侄女一般的赛亚平夫人端上了刚烤好的面包给她当早餐，她用过早餐后一觉睡到下午，随后便起身赶往松花江沿岸。

江上已经出现了碎冰，那雪白的冰块悠然地漂在水面上，仿佛在嘲笑眼前这个熙攘忙碌的俗世。沿着石坝下到河岸，就能看到一长溜姜太公们整齐划一地举着鱼竿，沉默不语。沿江栈道旁

---

[1] 野口雨情（1882–1945），日本诗人、童谣及民谣作曲家。本名野口英吉，茨城县人。

的花坛中全是干枯的花草，只有边上围着的一圈常绿灌木还残留着些许夏日的气息。周围有许多带孩子的主妇在悠闲地散步。

往上游方向走了大约二百米，就见到游艇俱乐部坐落在右侧的江岸上。娜塔莉亚进去一看，只见赛亚平正坐在能够同时看清水面和栈道情况的绝佳位置上。他见到娜塔莉亚，笑着站起来挥了挥手。

"现在正好三点，你真准时啊。"

说完，他请娜塔莉亚坐下。

"怎么样，休息的还好吗？虽然你来时坐的是卧铺车，不过也够累的吧。"

"现在已经没事了。因为阿姨让我饱餐了一顿，又一直睡到下午。"

"那可真是太好了。话说回来，你要喝点儿什么吗？"

二人买好饮料，话题马上转为佩特罗夫事件。

"接下来我就报告一下自己的调查结果吧。在哈尔滨一共有五个名叫多尔涅夫的人，我们要找的那个多尔涅夫是一个伏特加公司的老板，家住马家沟。他家境非常富裕，我去找他时正好遇到他准备离家去上班。听到安东·佩特罗夫这个名字时，他一时还想不起来究竟是谁，但一听说是佩特罗夫事件的相关人员，多尔涅夫马上就想起来了。他告诉我，安东的确从铁岭一路陪他坐到了奉天。我认为像他这么富足的人，是不可能被安东用金钱收买的，更何况他与安东又不太熟，除此之外，还有第三个理由让我相信他不会为安东伪造证据。另一方面，帮安东买马券的那个朋友做出了与他同样的证言，因此我也认为那没什么问题。然后是安东的情况，他似乎已经濒临破产了。明明是个刚入行收入寥寥的建筑家，生活做派却是大得不得了。在朋友之间的风评也不是很好。他脑子虽然非常好使，但却缺乏了那么点儿人情味。不过俗话说得好，Нет худа без добра[①]，他也有例外的时候。那就是对妻子郭运环献出的爱情，这一点完全不符合他的性格。从这一点来思考，安东完全有十二分杀害佩特罗夫老人的动机，不仅如此，他还拥有计划不可能犯罪的聪明头脑和实施计划的机会。"

警部停下来喘了一口气，发现娜塔莉亚正目不转睛地听得入神，不禁露出了温柔的笑容。

"唉，一不小心就说上瘾了。我们先吃点儿点心再继续吧。"

赛亚平啜着咖啡看向窗外，突然对娜塔莉亚说：

"你看，那边走来了一个日本女性。她看起来才二十出头，走起路来却战战兢兢的，完全看不出年轻人的大胆狂妄。我认为啊，那是因为日本人的生活总是被各种各样的格律戒条束缚着，才会像那个年轻女性一样失去应有的霸气。相比之下，你再看那边那位俄罗斯老婆婆。这些移民身上没有半点压迫生命气息的重担，所以她才能如此大方地挥着手迈大步。我经常觉得，日本人实在是太可怜了。你看，那边又走来一名中国女性。她的步子是不是很悠闲自在呢。单是从走路的姿态上，就能区分出日本人和中国人。所有日本人走起路来都像比别人多背负了好几个大气压

[①] "没有纯粹的恶"之意。

一样。咦？"

他突然瞪大眼睛，马上转过头看着娜塔莉亚。

"真是说曹操曹操就到。那不是郭运环夫人吗？看来她准备要进来了，我们低调一点，观察观察她吧。"

不久之后，运环夫人果然走进了游艇俱乐部，娜塔莉亚看到她不禁暗自感叹，好一个美丽的贵妇。

运环坐在房间另一侧的座位上，用充满贵族气息的优雅态度点了一壶茶。

"好了，我们走吧。"

二人走出店外，顺着松花江往下游走去，不久便坐到了一张长椅上。

"你觉得运环夫人怎么样？"

"真是太惊艳了。那可算是哈尔滨数一数二的美人了吧。"

"恐怕是的。能娶到这么个大美人做妻子，我好像也能理解安东的行为了。那女子还是从广东来的哦，所以看起来跟这里随处可见的中国人都不太一样。长得漂亮，身材又好，这就是南方女子的特色。虽说她是中国人，但完全不会说北京这边的方言，因此平时都是用俄语交流的。"

赛亚平给娜塔莉亚递了一根烟，自己也点上一根。那是一根海鸥牌的卷烟，为了方便戴着手套享用，烟嘴部分比本体要长上一倍。这在靠近南部的大连是根本看不到的。

娜塔莉亚的双手和脸颊都沐浴在秋日温和的阳光中，她似乎还是有些睡眠不足，此时坐在和煦的阳光下，马上又有了些许睡意。松花江面反射着耀眼的光线,她不由自主地把眼睛眯缝起来。

河堤下方传来一阵俄语的争执。原来是渡船的船长和乘客正在为船费争执不休。

娜塔莉亚听到赛亚平一声咳嗽,才总算回过神来。

"话说回来,看完鬼贯君的调查资料后,我也似乎发现了安东的奸计。最先发现这一点的鬼贯君固然了不起,但设计了这个计划的安东本人则更是聪慧异于常人啊。"

听到警部平静的叙述,娜塔莉亚却完全平静不下来,她的呼吸急促起来。

"那么,安东的不在场证明果然是伪造的吗?"

"不,乘务员们绝对没有说谎,只是我们研究得还不够透彻而已。刚才我不是说有三个理由让我相信多尔涅夫的证词是真实的吗?那第三个理由,就是根据安东的诡计,他完全可以从铁岭一直陪多尔涅夫坐到奉天,而毫不阻碍自己的犯罪计划。我认为,安东甚至十分欢迎多尔涅夫的出现,因为这样就多了一个人为自己的不在场证明做证。"

"可是……可是,那个人不是一步都没离开过二十二次列车吗。"

"娜塔莉亚,我当然可以现在就把整个诡计的内容为你详细解释一番,不过我还是认为,你最好自己去解开这个谜题。因为你完全拥有能够解开这个谜题的聪明头脑,而且不管是亚历山大还是鬼贯君,都会更愿意让你亲自解开谜题的。安东乘坐的二十二次列车是二十二时五十五分从新京站出发的,你也去那里亲自体验一番吧。只要乘坐十七时零五分从哈尔滨出发的十六次列车到新京就可以了。然后你再乘坐二十二次列车，让自己置身于与安东相同的条件下，一点一点去追究他的不在场证明吧。"

"我真的能解开这个谜题吗？我不太有信心。"

"人的思考能力在极限状态下能发挥出意想不到的实力。你一定能解开的。与其由我来说明，还是你自己去发现比较好。这是为了你，也是为了亚历山大。"

娜塔莉亚的胜利

1

第二天，也就是十一月二日傍晚，娜塔莉亚在这座都市停留了三十五个小时后，再次踏上了旅程。她准备先搭乘十六次特快列车前往新京站，再在那里转乘二十二次列车。赛亚平带着温柔的微笑出现在哈尔滨火车站的站台上，为娜塔莉亚送行。距离发车还有五六分钟的时间，警部与她并肩坐在列车座位上。

"既然现在我们已经很清楚亚历山大是清白的，那你就得尽快开始计划新婚旅行了。不如到哈尔滨住一星期怎么样？我可以把家里的房间借给你们，若是明年春天过来，还能找朋友把他在太阳岛的别墅借给你们住。"

太阳岛是位于松花江上的一个沙洲，与哈尔滨市内仅有渡船相通。在娜塔莉亚看来，赛亚平的提案简直如梦似幻。

"希望能够如此。"

"你们当然能够如此。"

他用强有力的低音回答道。不一会儿，发车铃声响起，赛亚平下到站台上，隔着车窗握住娜塔莉亚的手。

"请你记住，就像鬼贯君所说的，解决事件的关键就是那份列车时刻表和乘务员的证词。你要彻底分析一遍他们的证词。其实这并不难，关键在于不要轻易放过其中的一字一句。"

列车缓缓开动，他赶紧又加了一句："一定要过来玩啊。"刚才一时兴起提出让新婚夫妇到太阳岛上度蜜月，现在想来实在是个再好不过的主意了。

列车一路南下，娜塔莉亚深深陷入座椅靠背中，感觉全身都虚脱了。她既不想动弹也不想思考，只一味靠在列车座椅上，迷迷糊糊地闭着双眼。自己究竟怎么了呢，明明肩负着推翻安东的不在场证明这一重大任务啊。

想是这样想，但她实在是连眼睛都睁不开，就这么靠在那里一动不动，直到有乘务员来领她到餐车就餐。

列车开出三岔河车站后，她艰难地站起身来向餐车走去。自己没有一点食欲，但不吃东西就无法挨过接下来的旅程，想到这里，她才勉强就着牛奶把三明治吞入了腹中。

2

列车在二十二时三十分准时到达新京。

娜塔莉亚先是从自己原来坐的那辆开往大连的特快列车上下来，准备换乘二十五分钟后开往大连的普通列车。她想试着与安东乘坐同一辆列车，将自己置身于与他相同的状态之下，以求得到一些启发。这对娜塔莉亚来说，无疑是个碰运气的赌注。

正当她坐在站台的长椅上等待发车的时候，突然看到了三浦署长的身影，这一出乎意料的发现让她忍不住倒吸一口冷气。在亚历山大被作为重要嫌疑人逮捕后，她曾经三次会见这位署长。

眼前这个人瘦骨嶙峋，鼻下还留着一撮颇有特色的小胡子，娜塔莉亚对这些特征太有印象了，因此绝不可能认错人。

三浦署长此时正站在一群穿着同样制服的人中，忙着与送行的人和被送行的人交谈。从制服和警帽来判断，那些人应该都是署长级别的官员，娜塔莉亚心想，莫非在新京开了一场全满洲警察署长会议吗？

娜塔莉亚万万没有想到，眼前这群人竟要与自己乘坐同一趟列车。无论从他们的收入还是地位来看，乘坐更加舒适快捷的特快列车都是理所当然的事情。可是，那辆特快列车，那辆安东自称因为行李问题错过了的十六次列车，不是早在二十二时四十分就离开了新京站吗？这样一来，这群警察署长们无疑就要与娜塔莉亚乘坐同一趟列车了。

娜塔莉亚的这一疑问很快就消除了，因为她突然意识到，这些署长之中肯定有许多人就职于特快列车不停站的小城市。慢速列车就是为这些乘客准备的。这群署长中的绝大多数应该都是从那样的小城市来到这里，又准备回到他们的小城市中吧。但即便如此，三浦署长又是为何要乘坐这趟站站都停的列车呢，她怎么想都想不通。除了她去哈尔滨乘坐的亚洲号列车，所有列车都会在沙河口停站，因此他根本没必要专门搭乘这趟慢速夜行列车。

娜塔莉亚想着这些琐事的同时，还带着女性特有的憎恨之情紧紧盯着那个最为强硬地主张亚历山大有罪的三浦署长。之前的那种虚脱感早已被她抛到了九霄云外，取而代之的是强烈的斗志。

列车离开新京站后，娜塔莉亚打开枕边的小灯，拿出列车时刻表和鬼贯的笔记开始研究。其他乘客似乎也早已钻进了卧铺的被窝里，车厢内随处都能听到阵阵鼾声。

她先是研究起了调查报告。

安东离开新京站后，马上就找到别所咨询空余卧铺的事情，但别所并未明确指出自己所见之人就是安东。不过这对安东的不在场证明来说并没有什么重大的意义。接下来他又自称与多尔涅夫共同搭乘了一段时间的列车，这一点已经经过那个叫郡司的服务员证实，此外，多尔涅夫本人也对此给出了肯定的证词，因此娜塔莉亚判断，这一点毫无怀疑的余地。根据赛亚平警部的说法，安东的诡计是在奉天到大连的这段路上实施的，因此没有必要过度追究以上两个问题。

那么，列车离开奉天后，最先发生的就是在经过烟台附近时安东弄丢了车票，不得不重新补票的事情，关于这一点，千叶和堂岛两位乘务员已经确认那是事实。故娜塔莉亚心想，这应该也没有质疑的余地。接下来，就是安东为了得知赛马的结果而要乘务员帮忙发电报一事，这一点从在大石桥站发出电报的乘务员本间的证词来看，也是确凿无误的事实。如此细细追究下来，娜塔莉亚发现安东在到达大连之前，每两三个小时就有一个目击证人。这样一来，不就证明安东根本没有犯罪的机会了吗？

可是鬼贯和赛亚平都看穿了他的不在场证据是伪造的。因此自己必定遗漏了什么线索。到底是哪里，到底是哪里呢？

不知不觉已经到了凌晨两点。娜塔莉亚完全没有察觉列车已经在四平街站停留了六分钟。彼时因为旅途劳累，她终于抵挡不住睡意，伸手关掉了枕边的小灯。一开始她还记得列车又停了两站，再往后，就陷入了沉沉的睡眠中。

经过奉天，娜塔莉亚被列车行驶在运河铁桥上的轰鸣声惊醒。因为得到了充足的睡眠，她感觉脑袋清醒了许多，便轻快地起身洗漱，走向餐车。待她用过早餐回到座位上时，列车已经过了辽阳。这里同时也是辽阳战役的旧址。辽代建起的白塔映衬在爽朗的朝阳下，被染成了一片粉色。这时其他乘客也已起身，或是走向洗脸池，或是走向餐车，与穿行其间的白衣服务生混杂在一起，让车厢的走廊显得拥挤不堪。

娜塔莉亚再次取出时刻表和笔记本放在膝上。她准备借着休息过后十分清醒的头脑，再次挑战昨夜怎么想都想不通的谜题并将其一举击破。她闭着眼睛一动不动，突然，脑中闪过了一则天启。那是鬼贯对她说的最后一句话。

"……娜塔莉亚小姐，亚历山大是清白的，绝对是清白的。听到这句话，我的疑惑就全都解开了。我怎么没早点儿发现这个线索呢……"

他的声音至今仍清楚地回响在娜塔莉亚耳际。究竟是什么能让鬼贯如此兴奋呢。那就是他发现佩特罗夫老人三点四十五分以后才被杀害这一杂货店小店员的证词原来是错误的。当时回应店员的其实是模仿老人声音的亚历山大，在他到达佩特罗夫宅邸时，老人已经遇害了。

而且，鬼贯还说了这样的话：

"不过，我的想法里也存在着一个很大的漏洞……就是夏家河子那家杂货店小店员的证词。他说的都是事实，那这个谜题是绝对无法解开的……"

这样一来，事情会如何发展呢……不如试着逆向思考吧。首先，以安东是真凶为大前提。这样一来，他就必须在行凶时刻，也就是佐田医生推测的死亡时间——两点半到四点半之间身处夏家河子。他完成犯罪后，必定急着离开现场，那么，能够带他最快离开现场的是哪趟列车呢？娜塔莉亚翻开了旅顺线的时刻表。十四时三十分到十七时从夏家河子出发的列车……有了有了。分别是十四时三十八分和十六时四十九分出发前往旅顺的六百零七、六百零九次列车，以及十五时三十二分出发前往大连的六百一十次列车，共计三班列车。娜塔莉亚又想，不过对安东来说，他必须尽快赶回二十二次列车上，所以不可能乘坐反方向的下行列车。因此，他只有可能乘坐六百一十次列车，也就是十五时三十二分发往大连的那一班车。

想到这里，娜塔莉亚不仅在心中发出了小小的欢呼。亚历山大不也是从旅顺乘坐六百一十次列车去拜访叔父的吗？或许毫不知情的亚历山大和奸计得逞暗自欢喜的安东还在夏家河子车站擦肩而过了呢。眼尖又敏捷的安东有可能先看到了亚历山大，马上躲到了暗处以免被对方发现。

可是，若安东在那个时刻身在夏家河子，列车乘务员的证词又如何解释呢？娜塔莉亚翻开了鬼贯的笔记本，那里果然被赛亚平画了几条着重线。

五、石河站的目击证人——列车服务生原。但此人只对行李箱有印象，无法断言所见之人确为嫌疑人。

六、离开金州站后的目击证人——车内贩卖员小谢。但只对行李箱有印象，无法断言所见之人为嫌疑人。

这意味着什么呢？借用警部的话来说，就是解开谜题的关键。于是，娜塔莉亚又翻开了证词记录。只见一个名叫原的列车服务员做出了以下证词：

"……我在开到石河站附近时刚好打扫到他那里，一眼就看到了那个皮箱。不过我见到的俄国人感觉年纪要大些。"

另一边，车内售货员小谢也做出了以下发言：

"我在车厢里卖苹果的时候也看到行李架上的那个皮箱了。"

八号车厢内不可能只坐着一个"老外"，因此那两位乘务员目击到的很可能是别的男人。那么，没被两人目击到的安东彼时身在何方呢？不用说，当然是在夏家河子。只有他放在行李架上的皮箱，替主人继续着列车上的旅途。

那么，安东究竟是如何往返于夏家河子和二十二次列车的呢？娜塔莉亚用纤细的手指揉着鬓角，试图集中精力进行思考。那张可爱的面孔因为苦恼而扭曲，乍一看好像老了三四岁。她一直保持那个动作，许久没有动弹。

一个小时后，娜塔莉亚突然涨红了脸，她击了一下掌，心中大叫一声"有了"。

"没错，除此之外就别无他法了。"

她近乎疯狂地翻开列车时刻表，迅速浏览了一遍，又猛地合了起来，随后浑身呈现出与刚才截然不同的精神饱满的样子。她抓住恰好路过的服务生，在他耳边说了些什么，只见那服务生满脸狐疑地点点头，离开了车厢。片刻，他又回到娜塔莉亚的车厢，把她带到了后面。

目的地正是新京站上车的署长们乘坐的车厢，虽然比起出发时人数有所减少，但彼时依旧有六七位警察署长聚在一起畅谈欢笑。见到娜塔莉亚出现，三浦署长连忙起身给她让座。他那身庄严肃穆的制服与老好人的面孔看起来完全不相称。

"呀，原来我们恰好坐了同一班列车啊，这可真是太巧了。你好像瘦了不少嘛。"

娜塔莉亚对他唠唠叨叨的慢性子感到焦躁不已。

因为她今日的行动受到了严格的时间制约。

"不好意思打断一下，能给我一张您的名片吗？"

"名片？你要来做什么用呢。"

"理由待会儿再跟您说。名片也会还给您的。"

把面露惊讶的三浦署长留在身后，娜塔莉亚潇洒地走回了自己的座位。被抛下的署长见娜塔莉亚如此兴奋，更加诧异无比。

3

列车开过鞍山、汤岗子、海城、大石桥、熊岳城、瓦房店，总算进入了关东州。由于地界没有明确表示出来，三浦署长在通过关东州界内第一个车站——普兰店之后才知道列车已经越过了地界，终于松了一口气。只要到了这里，不久就能下车了。因为同席的其他署长早已下车，只有三浦署长独自一人坐在车上，茫然地眺望着窗外单调的风景。他心想：要是偶尔出现一个隧道，打破这片单调的风景该有多好啊。但这毕竟跟内地七拐八弯的铁路不同，连京线上一个隧道都没有。

距离傍晚还有些时候，列车已经过了金州，在周水子车站卸下前往旅顺方向的乘客后，连车轮的转动也多少变得轻快起来。

三浦署长马上要在下一站下车了。他的部下正从行李架上取下皮箱准备下车，就在此时，娜塔莉亚走了进来，面带微笑地递过刚才从他这里要去的那张名片。他不明就里地翻过来一看，差点没惊得叫出声来。

十一月三日下午三点，娜塔莉亚小姐于夏家河子派出所造访在下。平田

名片上多了一行干枯的字迹，还盖上了私印。
"这到底是怎么一回事？"
娜塔莉亚并未露出炫耀胜利的神情，而是微笑着说：
"我刚才照着安东的行动走了个来回。也就是说，模仿安东在乘坐这趟列车的同时，出现在夏家河子的行动。"

说完那句话，她依旧保持着由衷的笑意。那是自从亚历山大被捕后，她头一次露出的爽朗笑容。

"这可真是太惊人了。虽然我还要请你给我详细解释一下，不过现在必须做的是尽早释放亚历山大。对了，不如你也和我一起在下一站下车吧？你一定也想尽快见到亚历山大，向他报告今天的重大发现吧。"

署长说出了与外貌毫不相符的开明语言，娜塔莉亚也顺从地接受了他的好意，与其一同在沙河口站下了车。

二人一下车便被前来迎接的警官所包围，娜塔莉亚万万没有想到自己也会大吃一惊。因为她见到一个男人向她走来，紧紧握住了她的手。

"呀，鬼贯先生……"

鬼贯温柔地笑了起来，轻轻拍着惊得说不出话来的娜塔莉亚背部。

"我是从朝鲜经陆路回来的。虽然自己得以幸免于难，但还是为遇难的人们感到难过。"

紧接着，鬼贯又露出惊讶的表情，轮流看着署长和娜塔莉亚的脸。

"您不是去新京参加署长会议了吗，为什么没坐特快列车回来呢？"

"因为盖平的署长是我以前的好朋友，已经二十年没见面了，所以我们想在他下车之前好好聊一聊。"

"话说回来，二位怎么会一起回来了呢？"

"对了对了，我们有一个重大发现。"

署长用略带兴奋的声音简单说明了同乘一班列车的娜塔莉亚

不知何时跑到了夏家河子，又不知何时回到了列车上。鬼贯听完，激动地看向娜塔莉亚。

"那可是你的功劳啊。我也一度想到了那个可能性……真是太棒了。"

受到鬼贯的赞扬，她不禁高兴得涨红了脸。因此也未能深思他刚才那番话的用意。她此时还以为自己的聪明才智已经能与鬼贯匹敌，直到日后回想起来，才明白完全不是这么一回事。

"那果然是在……大石桥？"

"是的，就是那里。"

二人交换着意味深长的简短对话，让署长以及周围的警官们摸不着头脑。

一行人沿着站台的台阶走下去，北风呼呼地吹拂着他们。娜塔莉亚忍不住竖起外套的衣领，她抬头看着万家灯火，倾听着叶片落尽的金合欢树在北风中的悲鸣，突然怀念起母亲的怀抱来。

鬼贯心中暗想，事件从这个刮着北风的站台开始，马上又要在这个地方迎来终结了。

终 结

1

十一月四日晚七点四十分，鬼贯坐进开往三棵树方向的特快列车卧铺车厢一路北上。第二天下午一点半，他到达哈尔滨，随后马上前往警察署拜访赛亚平警部。

"你没事真是太好了。不过我本来就不相信你死了，而且对娜塔莎也是这么说的。毕竟你小子是个打都打不死的男人啊。"

说出以上话语，又用男低音发出一阵笑声的人，正是赛亚平警部。

"也不是你说的这么回事。我其实已经坐船到了釜山，只是因为买不到开往大连的船票，所以才决定穿过朝鲜入境的。"

二人乍一看年龄相差了一代，但却融洽得让人羡慕不已。

"我这次来是有急事想找你。记得我以前在这里工作时，署里有个挺出名的花花公子，好像叫'花花公子多利亚'吧，那刑警现在还在吗？"

多利亚是达拉菲的昵称。

"你说多利亚啊，他还在。而且在泡妞这种事情上，至今还没有人能出其右。去年他结婚了，不过他夫人与他约法三章，说只要他是出于工作目的运用那种才能，她就不加阻止。不过说句实话，那小子还真是满脑袋花花肠子，说起话来舌绽莲花啊。"

"我要的就是他那个特长。这回有点事情想靠他的头脑和能力来完成，能把他叫过来吗？"

赛亚平并不深究鬼贯的打算，而是马上站起来走了出去。

不一会儿，办公室门口出现一名酷似电影明星的英俊男子。唇上的短胡须用发蜡理得一丝不乱，看上去一点都不像地位卑微的小刑警。

"呀，鬼贯先生，好久不见了。"

"嗯，听说你娶媳妇了嘛，恭喜了。抱歉打扰了你的幸福生活，我这次来是因为佩特罗夫事件的调查需要借用你的能力。"

刑警露出温和的笑容。

"只要是为了您，要我下地狱都在所不辞，不过前提是地狱里面得有美人。"

随后，二人便凑在一起谈论起来，过了一会儿，多利亚高声大笑起来。

"没问题，我傍晚前肯定能给您带份大礼回来。您就放心等着吧。"

他说完便站了起来，动作麻利地离开了房间。

2

当晚，鬼贯在赛亚平家的起居室耐心等候着。他对多利亚的报告十分满意，但不巧的是，安东夫妇此时正在招待客人，因此他不得不等到客人回去后再去拜访。就在此时，负责监视安东家的多利亚联系上了鬼贯。

"几点？"

"十一点了，再不快点他可能就要睡着了。"

听到这里，鬼贯的表情突然严肃起来。

"走吧，现在正是攻其不备的大好时机。"

鬼贯与赛亚平二人一同走到外面，现在正是零下十八度的严寒天气，即使坐在出租车里，双脚还是冻得生疼。出租车穿过通江街拐进警察街，安东家就在街道的拐角处。

家中灯火通明，客人离开后，周围的空气如同死一般沉寂。那座建筑物的豪华程度与赛亚平的形容完全相符，一眼看去便知道是安东的爱好。二人站在门廊上，用力按下门铃，马上有一名围着围裙、二十出头的金发女子走了出来。她接过鬼贯等人递出的名片，又回到屋里。过了一会儿，金发女子再次出现，把他们领到了正对左侧庭院的客厅里。

二人紧张得像正在等待比赛开始的运动员。但动作中并无半点僵硬。

"你看，那边墙上挂着立体派画家格莱兹[①]的作品。这边则是《黑海沿岸的普希金》的复制品。虽说是临摹本，但简直比原作还优秀啊，哈哈。"

赛亚平低声笑着，与此同时，房门也打开了，还穿着晚礼服的安东出现在二人面前。至于运环，她今天没有像往常一样身穿

[①] 格莱兹（1881–1953），法国画家、理论家。参加法国绘画的立体派，致力于该画派的普及和推广，著有《立体主义的回顾》等。

旗袍，而是换上了一袭豪华的纯白缎子礼服。漆黑发亮的头发在礼服的映衬下更是美艳无比。安东叼着烟斗，双手插在口袋里，见到二人，脸上露出了轻蔑的笑容。他敷衍地与鬼贯握了握手。夫人虽然像戴着面具一样面无表情，但内心却绝不平静。

鬼贯用巴扎罗夫①式的态度毫不拘谨地向安东介绍了赛亚平。

"鬼贯先生，你终于来了啊。要是早点儿告诉我们，就能好好接待你了。"

"哪里哪里，有你这份心就好了。话说回来，你应该知道我是为什么而来的吧。我们俩谁胜谁负，就要看这一战了。这位赛亚平警部就是此次的审判官。安东先生，我不仅知道杀害伊万·佩特罗夫老人的真凶，还彻底解开了那个真凶制造不可能犯罪的诡计。"

鬼贯缓缓道来，站在安东身旁的运环脸上忽然失去了血色，变得僵硬起来。

另一边，安东则饶有兴致地摆弄着烟斗，露出狡猾的笑容。

"好了，安东先生，我们就不要浪费时间，直接进入正题吧。前不久你还处于濒临破产的状态，必须尽快找到解决的对策，这一点我们大家都知道了。而最快捷的手段，莫过于得到佩特罗夫老人的遗产。怎知老人却在同一时间开始计划修改遗嘱。"

安东依旧面带微笑，不紧不慢地抽着烟斗。

"想必你早已打定主意了吧，但此处还存在另外一个让你不

---

① 屠格涅夫《父与子》的主角之一，他全面否定现行体制，是个只信奉科学的虚无主义者。

得不尽快实施计划的理由。那就是在你计划中占据了主要角色的列车时刻表。我已经调查了过去十五年间的所有时刻表，根本找不到如同本次事件一般绝妙的组合。换句话说，你全凭此次的列车时刻表才成功完成了自己的犯罪计划。"

听完那最后一句话，安东脸上出现了奇怪的扭曲，运环则是一脸僵硬的表情。

"我手上这份满铁列车时刻表是昭和十七年七月发行的，但其中的旅顺线在四月有过调整，连京线也在六月进行了改订。换句话说，时刻表随时都在进行细微的调整。照这个情况，最近很有可能又会出台新的调整方案。因此，无论从主观情势还是客观情势上说，现在都是最佳的时机。"

此时安东脸上的扭曲消失了，反倒愈发愉快起来。

"没错，正是如此。虽然你说得并不都对，但我的确非常需要伯父的遗产。"

"哎呀，东尼①，你怎么能说那种话呢。"

运环实在忍不住想提醒他，却被安东温柔地拍了拍手背。

鬼贯依旧用悠然的语气继续说道：

"只是，若想顺利完成计划，必须乘坐当天的二十二次列车才行。这是整个计划最关键的部分。虽然你在事后向我发出了明显的挑衅，但在最初计划犯罪时，想必是绞尽了脑汁想避免引起警方的注意吧。"

---

①安东的昵称。

"呵呵，那可能是因为我当初高估了日本警察的实力吧。"

鬼贯无视他的揶揄，继续说道：

"在你的犯罪计划中，乘坐二十二次列车是不可或缺的条件。但不巧的是，那趟车只是普通列车，从新京到大连，专门乘坐耗时十七小时才能到达的普通列车实在是太不自然了，因为一般人理所当然地都会选择乘坐快速列车。若不为此想好合适的理由，自然会被怀疑。因此你才煞费苦心地上演了错过当天二十二时四十分出发的快速列车的闹剧。经过这一幕闹剧，你强调了自己不得不乘坐普通列车的理由，同时还让行李寄存处的站员和偶尔经过的旅客成了你不在场证明的证人。那个棋盘格的旅行箱真是个绝妙的小道具啊。我今天在城里逛了一整天，才总算找到了你定做那个旅行箱的箱包店。"

"那真是太辛苦你了。因为我个人很喜欢棋盘格的花纹，所以在选购衣物和床品时也经常会选择那样的花纹。不过话说回来，我觉得你的这些发现对我没有任何威胁呢。"安东冷笑道。

"那是当然，我也没指望用这些小线索来让你伏法。好了，照理来说，你的性格不至于会连续丢失行李寄存证和车票，这样看起来未免有些可疑啊。若你平素便是性格迷糊之人倒也不足为奇，但你最大的特征却是精明周到啊。"

"哎呀哎呀，你瞧你怎么这么多疑呢。"安东无可奈何地低声道，"只是，就算你觉得可疑，也不能单靠这个就把我制伏吧。"

赛亚平见安东开始吹毛求疵，知道他的自信已经有所动摇了。

运环右手扶着安东，一动不动地僵立在原地。

"不，请你先别着急，我马上就要收网了。言归正传，你当天深夜在铁岭站站台上遇到多尔涅夫完全出于偶然，但你马上想到，只要巧妙利用这一偶然就能让自己的不在场证明更加完美。"

"这简直就是读心术啊，真是太了不起了。在你看来，整个宇宙的森罗万象都跟我有着这么点关系吧。"

鬼贯又无视了他的讽刺，继续说道：

"只是，你这种走过路过不要错过的心理让你犯下了致命的错误。我从未真心相信你会因为财政上的不如意而甘愿乘坐三等车厢。因为凭你的小资心理，非一等车厢不能满足你的虚荣心。就连乘坐二等车厢，你都要下相当大的决心才能做到。如果你觉得自己因为没钱只能坐三等车厢的谎言能够将我骗过去，那我只能说你是白日做梦了。你之所以选择乘坐三等车厢，是因为另外一个更为重要的理由，不过这个我要留到后面再说。"

安东给早已熄灭的烟斗重新点上火，深深吸了一口，吐出一股烟雾，自言自语般说道："这个问题提得好。"此时，他的声音里还带着几分余裕，但运环早已紧张得就差没晕过去了。

"很有趣，鬼贯先生，请你继续说吧。"

"据说你还是欧巴①，用俄语说就是'гобой'的吹奏高手呢。想必你平素也十分爱好音乐，所以我就用音乐来比喻一下吧。你在乘坐二十二次列车途中，上演了一连串的变奏曲。那些变奏的主题是'安东乘车'，副主题则是'棋盘花纹的皮箱'。你在大石

---

①即双簧管，有两片簧的木管乐器，管长约七十厘米。以降 B 音为基音，音域跨两个八度半，音色纤细优雅。

桥发出的电报，以及在周水子站停车时接到的回电，都是其中的变奏，那些变奏都鲜明地突出了你的主题。同时，在你前往杀人现场的夏家河子时，这一变奏曲也从未停止过。只是人们并未注意到，此时的主题已经消失，仅余副主题独立支撑全局。这就是你的意图所在啊。"

"原来如此。故事终于要走到高潮了啊，但我倒是想问问，我为什么要赶到夏家河子去呢？"

"没有什么为什么。因为在背后支撑你全盘计划的，就是以起止时间准确而闻名的满铁啊。我事先声明一下，这纯属我个人的想象，至于要不要承认，全看你个人决定。不过在继续话题之前我想先问问，当天有没有别的白人与你同在一个车厢呢？"

安东做出一副努力思索的样子，抬头看向天花板。

"我记得那天在奉天站上来了一个土耳其人。对你们日本人来说，俄罗斯人跟土耳其人看起来应该没什么不一样吧。"

果然如此。那个乘务员看到的那个所谓稍微年长的俄罗斯人，应该就是安东说的那个土耳其人，赛亚平暗自想道。

"谢谢你的提醒，再继续刚才的话题吧。你在列车即将到达大石桥站的时候离开座位进入了洗手间，并在其中进行了简单的变装，待列车一进站就下到了站台上。为什么你要变装呢，那是因为万一不小心被那个叫本间的乘务员在发电报的时候撞见了，你的计划就会落空。可是，你为什么不在更早之前请他发电报，以免你们在大石桥站碰到呢，那是因为你想尽量缩短自己离开的时间。换句话说，就是想尽量延长自己能够被证实的乘车时间。

因此，大石桥是你的最佳选择。"

"我明白你的意思，但你还没解释我为什么要坐三等车厢呢。"

"你必须充分利用证人们的眼睛，虽说如此，若坐在客人相对较少的二等车厢里，自己的一举一动就会变得过于显眼。这就是你要乘坐三等车厢的理由。"

"太吃惊了，我真是太吃惊了。简直是欲加之罪何患无辞啊。"

鬼贯依旧用沉默来应对他的讽刺。

"不过话说回来，我为什么要在大石桥这么一个听都没听说过的地方下车呢？"

"我马上就要说到那里了。你在大石桥出站时属于中途下车，因此不需要交回车票。只是在此之前，你为了避免给大石桥检票口的站员留下特殊印象，必须再次进行变装。我认为，你当时一定选择了车站的洗手间作为变装场所，因为你不能走太远。只要看看时刻表就能知道，你只有二十四分钟的时间。并且我还可以大胆猜想，你一定是变装成了日本人。毕竟作为一个俄国人，你的身材算是矮小的，只要戴上墨镜和口罩，就能装成一个十足的日本人了。因为这里的俄国人和中国人从来都不戴口罩，所以人们就会有一个先入为主的概念，即戴口罩的都是日本人。"

安东此时还能摆出一副对鬼贯的言论嗤之以鼻的表情，不屑地耸耸肩。可是，运环已经几乎无法保持站姿了。

"其后，把你一路从新京载到大石桥的二十二次列车于十点二十九分再次出发，十一分钟后，三棵树站始发的快速列车到站了。那就是十八次列车。该列车会在大石桥站停车五分钟。在此之前，你已经在售票处买好了快车票，恐怕还另外买了一张到旅顺的车票吧，然后你就坐上了十八号快速列车。我在大石桥站调查了一番，那里一共卖出了四张九号前往旅顺的车票，其中有三张已经在旅顺站被回收，剩余的一张则不知所踪。你之所以没有直接购买前往目的地夏家河子的车票，而是买了旅顺的票，想必是为了避免引来不必要的怀疑吧。"

运环脸色愈发苍白，像是已经死心了，双目紧闭。

"十八号快车趁先行出发的二十二次列车在盖平站停车时将其超越。彼时，那辆二十二次列车上只有你那个棋盘格的皮箱孤独地继续着旅途。话说回来，故事终于要到达高潮了，请你仔细听好哦。"

鬼贯对安东建议道。

"十八号快速列车到达周水子站的时间是十四点十八分，你下车走到旅顺线的候车站台上，仅仅三分钟后，六百零七次列车就进站了。于是，你就坐上了这趟列车。"

安东已经不再回应鬼贯了，只默默地叼着烟斗。

"六百零七次列车行驶两站过后，于十四点三十八分到达夏家河子站。因为你的车票一直买到了旅顺，因此在此处也属于中途下车，无需将车票交还站员。这样一来，你就完美地抹掉了自己乘车的痕迹。"

安东无言以对。他露出苦涩的表情，时不时喷出一缕烟雾。

"你在结束了最肮脏的工作后回到夏家河子站，打算乘坐十五点三十二分发往大连的列车，因为中间还有将近一小时的时间，想必也足够你充分冷静下来了吧。话说回来，安东，那天亚历山大就是乘坐那趟列车从旅顺过来的，你碰到他了吗？"

安东突然露出一脸不耐烦的表情，像吐出脏东西一般答道：

"开什么玩笑，我根本没在那个时间去过夏家河子，又怎么会碰上什么人？"

"呵呵，我们先不讨论这个问题。不过，多亏了他紧随你之后到达佩特罗夫家，并模仿老人的声音打发了商店的小店员，才让警方误认为老人在三点四十五分之后还活着。我也被这条线索蒙蔽了双眼，险些就要陷入迷宫之中了，这是你无论如何都预料不到的吧。"

安东并不回应，而是将目光转向别处。

"言归正传，我刚才说到，你与乘坐那趟列车从旅顺前来的亚历山大擦肩而过，坐上同一班列车往大连而去。但你的目的地并不是大连，而是两站前的周水子站。没错，就是与连京线相接的周水子站。"

"咦，我怎么在这么半中不间的地方下车了呀。"

安东用半带讽刺的诙谐语气说着，圆脸上浮现出了微笑，但鬼贯对此并不予理会。

"我不知道你在夏家河子站买的车票终点是何处，但那并不是什么大问题。因为你只需要在周水子站下车后，将其撕碎便可。毕竟你根本没必要出检票口。"

"我……"

"你穿过地下通道，来到隔壁的站台上。在那里抽着烟等了十五分钟左右,在大石桥站被你抛在脑后,又在盖平站被你超过的那趟二十二次列车,换句话说,就是行李架上放着你那棋盘纹皮箱的二十二次列车就进站了。"

"真是太让我吃惊了。没想到列车的时刻表竟能组合得如此巧妙啊,我还是头一次知道。现实世界中竟有如此巧合。"

"你坐上二十二次列车后,马上手忙脚乱地摘掉了眼镜和口罩等变装道具。"

"咦,为什么我要手忙脚乱呢?"

"因为列车员马上就要给你送来回电了。在此之前,你若不能变回原来那个安东·佩特罗夫,就会引来怀疑不是吗?"

安东瞪大眼睛,一副拿鬼贯没办法的表情,只顾着吐出烟雾,却并不反驳。

"这样一来,你的不在场证明伪造工作就全部完成了。我此前已经说过,如此巧合的时刻表是过去罕有的,今后若非异常巧合,也不太可能会出现类似的组合吧。因此你无论如何都必须抓住这个机会……"

"我……"

"你的头脑真是好得吓人啊。就像你从事的建筑专业一样,只要一开始设计好精密的图纸,之后就能按部就班地顺利完成整个计划。唯一一个误算就是亚历山大从旅顺前往夏家河子一事,但即便如此,幸运女神也站在了你这一边。因为亚历山大后来因为此事,成了警方的重点怀疑对象。"

就在鬼贯探出身子说出这些结束语时,隔壁房间的电话突然响了起来。此前一直僵立在原地大气都不敢喘的运环低声惊叫着跳了起来，当她意识到那是电话铃声后，便急匆匆地跑了出去。

她的行动让现场紧绷的气氛得到些许缓和。安东拿起伏特加向两位警官劝酒，在遭到拒绝后便给自己斟了满满一杯，一口气喝干了。鬼贯丝毫不敢大意地看着他的所有动作，同时回想起了接到事件之初法医跟他提到的纯伏特加和香料伏特加的事情，心中暗想，安东刚才喝下去的是哪一种呢。他知道俄国人将伏特加戏称为"水"，看安东刚才那个喝法，还真的跟喝水没什么两样。

"鬼贯先生，你知道'царская водка'这个词吗？"

"没听说过。那是皇帝享用的上品伏特加的意思吗？"

安东发出了"嘿嘿"的笑声。

"不对，那是'царская'的'воды'之意。"

"皇帝的水……"

"也就是王水①啦。顺带一提，'Крепкая водка②'指的也不是烈酒，而是硝酸。"

"这我还真不知道，那是俗语吧？"

"你还别说，那是很正式的化学用语哦。"

或许是酒精作怪，安东愈发饶舌起来，仿佛忘却了刚才的不快，一个劲地说着。因为是想到什么就说什么，话题也就不断转移。说着说着，就说到了他与运环相识的故事。鬼贯此前也很疑惑，为何住在北满的俄国人会与远在广东的女性相爱呢，现在听

---

①将硝酸与盐酸以一比三的比例配制而成的强酸，是冒黄色烟的液体，又称王酸、硝基盐酸。
②字面意思为强烈的伏特加。

安东这么一说,他又觉得一点都不奇怪了。因为就在安东接受伯父资助前往巴黎留学时,运环恰好也在巴黎学画,他们同样居住在拉丁区的出租屋里,二人就是这样相识的。

"我们相识的契机是我用口哨吹的一首《La Petite Tonkinoise》[①],因为运环一头长发,我一开始还以为她是个越南女孩子呢。"

"运环比巴黎任何一个女孩都要漂亮……"他说到这里突然停了下来,低声喃喃道:"接个电话也太久了吧。"随后又突然站起,留下一句"Pardon[②]",便冲出了房间。鬼贯站在原地没有动弹,赛亚平则追了出去。

3

后来他们才知道,那天打电话来的是约瑟夫犹太面包店的店员,通话内容极其简单,只有"您预订的点心做好了"这么一句。而运环也只做出了"谢谢,我马上去拿"这一简短的回答而已。整个通话时间算起来还不到十秒钟。她似乎在放下听筒后稍事打扮,从后门出去,叫了一辆出租车就离开了。

直到第二天快到正午的时候,警官们才找到了那辆出租车的司机,经询问,运环是在松花江岸边下的车。这条江沿着中央大街一路北上,在大街的尽头转了个弯向东流去。大街在那里变成

[①] 《可爱的东京女孩》。此处的东京为越南的一处地名。
[②] "失礼了"之意。

陡峭的坡道，爬到坡顶便是堤防。沿着堤防下到江边，能看到许多中国人和俄国人划着小船揽客。

照这个情形，他们首先想到运环可能已经投江自杀了。她或许是因为目睹了丈夫的窘态，在绝望之余想到了自杀吧。可是，堤防之上便是人们散步的小道，若她真的投江，必定会被行人看到。最后还可以想象，周围的小船一定会马上围过去进行救援。这样一想，自杀这一可能就被否定了，剩下的，就只有乘船渡江这一可能性了。

带着这一想法向在江边揽客的船主们稍一询问，马上就有结果了。有一名女性站在堤防上抬手叫了一声"Лодка①"，无论从她出现的时间还是外貌上看，该名女性都与运环的特征相符。听到她的招呼，一名俄国船主就把她载到了江对岸。该船主虽然对那位中国客人竟然使用俄语招呼渡船感到十分不满，但当局也因为这一线索断定了那名女性就是运环无疑。因为她来自广东，对此处的北京语系非常陌生，因此才不得不用俄语来招呼渡船。

警方在找到上述的俄国船主时，已经临近黄昏了。因为该船主的妻子今天正好临盆，年轻人顾不上工作，一大早就来到医院的产房前来回转悠，当刑警好不容易找到他时，他已经是一个男孩的父亲了。根据这个年轻父亲的证词，他们得知运环乘坐他的小船渡过松花江，上了太阳岛。

在俄国人看来，能从服装上分辨日本人和中国人已经是很了

---

① "船"之意。

不起的事情了，要他们分辨南方人和北方人，那简直是难过登天。因此他说，那个明明是中国人却偏要讲俄语的女客人给他留下了非常深刻的印象。并且，在船行十二三分钟到达太阳岛后，她还直接付了一张一元纸币，没有管他找零钱。这种慷慨的态度更加深了他对那个女客人的印象。

太阳岛比较靠近松花江的另一侧，是个平坦的沙洲。对离海边甚远的内陆都市居民们来说，太阳岛是他们夏天享受阳光和沙滩，尽情畅游和垂钓，把皮肤晒成健康小麦色的胜地。有钱人都会在大连或夏家河子建别墅避暑，但对中产阶级的俄国人来说，在太阳岛建造别墅便是他们的最大梦想。

只是一旦到了淡季，负责看守别墅的家人就不得不过上隐居一般的生活，彼时只有聚众野餐的年轻人和避人耳目的偷情者才会上岛，并不是一个适合独自前往的地方。

由此，警方认为运环应该是到太阳岛上寻死的，于是赶紧动员大量警力重点搜寻很可能掩藏着运环尸体的枯草丛和无人别墅，终于在当天傍晚时分，于岸边的一所别墅中发现了她的尸体。尸体旁还放着一个信封，一名俄裔警官将其打开，借助手电筒的光亮一看，马上摇摇头，交给了同行的华裔警官。警官接过信用中文念了一遍，又翻译成俄语念给同事。

"你说什么？是她杀死了佩特罗夫老人？"

俄裔警官高声叫道。那叫声回荡在空旷的别墅中，让人感到毛骨悚然。

4

运环与安东结婚后便改信了东正教,她的遗体被暂时安放在松花江畔的东正教堂内,葬礼结束后,便被载上灵车沿着中央大街缓缓而行,向那座被称为俄裔公墓的乌斯本斯基公墓行进。她的棺木被设计成了俄罗斯风格的玻璃镶嵌式样,因此沿街建筑的二、三层楼上挤满了好事的群众,想一睹她死后的容颜。队伍前头的铜管乐队一路都在吹奏肖邦的《葬礼进行曲》。

葬礼结束两天后,鬼贯造访了码头区安东的住所。他被带到了上次的那个房间,但室内的空气却与上次截然不同,冻得瘆人,想必这不只是因为炉子里没有生火的缘故吧。

这种场合下要表达慰问之意异常困难。因为不得不用俄语来完成这一过程,鬼贯不由得出了一身冷汗。

"内人是八号早晨,也就是事件发生的前一天离开我单独前往夏家河子的。她并没有乘坐你想象中的那趟列车到达夏家河子站,而是在十二点四十分就到了。"

安东前思后想,还是缓缓道出了事实。

"到达夏家河子后,她为了平复心绪,在海边散了两小时的步。因为淡季人烟稀少,因此也就没人看到她。其后,她便向伯父家走去。运环为了与我成婚,向伯父百般恳求,但他还是不肯点头,从头到尾只发出了诡异的笑声而已。运环听到他的笑声,终于不再犹豫,决心铤而走险了。当然,既然她身上带着枪,我无法否定她早已对伯父心生杀意,甚至可以说,她早就计划好若交涉不成功，便将伯父当场射杀。因此，她才会为了避免留下指纹而一直戴着手套，只是后来伯父用红茶招待了她，运环才不得已摘下了手套。正是因为如此，现场的茶匙才会不翼而飞的。至于红茶杯，因为她一口都没喝，所以没必要将其销毁。"

"换句话说，在夏家河子站与亚历山大擦肩而过的并不是你，而是你的夫人对吧？"

"是的。亚历山大没有见过运环，所以就算两人面对面站着，他应该也不会发现那是谁。"

"那么安东先生，你为何要到大连去呢？"

安东耸了耸肩。若换作日本人来做这个动作，会显得极其装腔作势，但这个动作若出现在一个俄国人身上，却显得无比自然。

"老实说，我还在想你什么时候才会问这个问题呢。如今既然运环已经不在了，我们的计划也已失败，也就没有必要再做无谓的挣扎了。"

鬼贯头一次听到安东用如此寂寥的语气说话。他脸上已经没有了一贯狡猾的神情，瞳孔也失去了光彩。

"其实说句实话，这次的杀人计划是我和内人一同策划的。若伯父最终同意我们结婚，也就不需要动用如此粗野的手段了。毕竟谁都不愿意见血腥啊。可是，刚才我也说过了，无论怎么恳求，伯父就是不同意我们的婚事，因此我们才决定使用非常手段的。因为我们不能为了伯父牺牲自己的幸福。"

请你务必要理解我们的心情——他极力主张道。

"在此之前，我们以狩猎之名屡次进山，为的就是让运环进行实弹射击练习，以适应手枪的操作。经过一段时间的准备，我们终于决定实施计划了。刚才说的这些都只是前奏，现在我来回答你的问题吧。我之所以要到大连去，就是为了给运环'Back up[①]'。"

在"Back up"这个地方，他特意用了英语。他的发音就像日本人和德国人一样，有些蹩脚。

"为了不让内人遭到怀疑，我们一开始就打算把警方的注意力吸引到我身上。在新京站弄丢寄存证，又在列车上补票，这一切不自然的行动都是为了加强我的嫌疑。不过就算再怎么可疑，我都有乘列车从新京到大连的这一货真价实的不在场证明，因此没有必要担心。这是我们一开始的想法。只是我们万万没有想到，你竟然找到了利用列车时刻表的巧合，抽空到伯父家将其杀害的可能性，这在你那天前来说明之前，我们完全没有注意到。所以当时我真是吓了一大跳。真的，吓得都喘不过气来了。而且我认为，运环当时更是受到了十倍于我的惊吓。"

此时警方已经查明，运环用于自杀的手枪正是杀害佩特罗夫老人的凶器。

"在铁岭站与多尔涅夫相遇纯属偶然，但接收赛马结果的回电却是计划中的行动。当然，是为了让乘务员对我留下深刻的印象。毫无疑问，坚持要在周水子车站停车时接收回电是为了增加我的可疑程度。我完全可以等到在大连下车后再让对方给我下榻

---

① "策应"之意。

的旅馆回电,为何要在马上到达终点站之前接收回电呢。警方必定会对我的行为报以疑惑并进行追查,这都在我们的计算之内。只是没有想到,这一行动竟带来了完全相反的效果。"

他叹了口气,像是耗尽了力气一般,减缓了语速。

"给堂兄,也就是尼古拉添了这么多麻烦,我实在是过意不去。对亚历山大也是一样。那天他竟然与运环前后脚地造访了伯父家,这完全出乎我们的意料。看来这次事件中,出现了太多的偶然啊。"

安东说完,伸手抓起透明的伏特加酒瓶,结束了这次谈话。

解 析

"我还是弄不太清楚,之前还一直认定安东就是真凶呢。你能按照时间顺序给我解释一遍吗?"

安东被逮捕的当夜,鬼贯来到赛亚平的起居室中,与一家之主促膝而坐。今天开始使用的壁炉把室内烘烤得温暖而舒适。比起火炉的高温,壁炉的间接性和保守性似乎更符合鬼贯的性格。

"可以这样说,此前我们的思考过于推理小说化了。这样一来,安东的不在场证明在我们眼中就成了巧妙编排的伪造之物。但这种情况若发生在小说中还好说,现实世界是不可能如此毫无破绽地完成整个计划的啊。"

"那你是从什么时候开始觉得运环可疑的?真是太出乎我意料了。"

"如果从头开始说的话就是这样的。我每次乘车出行,身边必定都坐着脏兮兮的老头子或皱巴巴的老太婆。既然老天让我生为男儿身,怎么着也得有幸碰上这么一个两个绝世美人吧,但我就是一次都没碰到过。唯独这次的旅行是个例外,路上跟我同席的个个都是出类拔萃的大美人啊。我都怀疑自己是在做梦了,哈哈哈。"

赛亚平有点不知所云,催促他赶紧说下去。或许是因为事件告一段落,鬼贯比平时要啰唆了些。

"我是坐火车到门司站的,当时两边坐着的都是和服美人啊。

左边的女子年方二十一二，简直是等不及春天便要绽放的郁金香啊。右边的那位小姐则可比喻为雨中忧郁的百合。我坐在当中那叫一个手足无措，总算体验了一把英雄难过美人关的感觉。不仅如此，在我换乘关釜联络船之后，又遇上了一个洋装美人与我一直坐到釜山，从釜山到奉天的路上更是有幸与一位高贵美丽的女艺人同席啊。真是看得我眼花缭乱。"

"原来你小子也挺好色的嘛。"

"要不怎么说人不可貌相呢。我那天可真是巴不得给老天爷叩上九个响头啊。不过当时我突然冒出了一个想法：此次旅行我有幸与这么多美人同席，完全是一连串的偶然所致。这样的偶然是极少出现的。虽说如此，却不能说绝不可能。就在我思考那种偶然出现的概率时，突然想到安东主张的不在场证明有可能并非伪造。他提出的不在场证明虽说十分可疑，应该说，这么多证人凑在一起实在太过巧合了。只是这种巧合如今出现在了我自己身上，让我意识到连续的偶然也是完全有可能发生的。他在丢失行李寄存证之后，又在第二天早晨弄丢了车票，这未免有点夸张了，但我当时想想，觉得那搞不好是真事。虽然事后我们知道那的确是安东故意为之的。还有就是，之前一直没有找到在大石桥和周水子之间见过安东的乘务员，我也没太在意，但为了防止调查走向错误的方向，我又觉得应该更加积极地寻找能够证明安东乘车的证人。带着这样的想法，我在奉天下车后马上给沙河口警署打了电话。从我们手头上已有的乘务员证词中可以判断，还有另外一个白人与安东同在一个车厢里。住在满洲，又只能乘坐三等车厢的白人，说出来可能对你有些失礼，应该就只有手头不太宽裕的白俄人、犹太人或土耳其人了。于是我又请外国人管理科的负责人替我查了一下，等我赶到警署时，发现调查非常顺利，已经查出了与安东同在一个车厢的土耳其人的住址。随后，我就马不停蹄地赶到那个土耳其人家中，一番询问之后，他告诉我安东在大石桥和周水子之间从未离开过列车。不仅如此，他甚至还记得安东去过两三次洗手间。毕竟车里面只有他们两个白人，自然会不自觉地注意到对方的行动吧。那两名乘务员之所以没记住他们见到的白人的脸，是因为他们当时不是在验票，而只是穿过了那个车厢而已，再者，他们也有可能是在安东离开座位上洗手间的时候经过的。这一切都是偶然啊。"

鬼贯说到这里，用杯中的啤酒润了润嘴唇。他天生小酒量，本来想让赛亚平准备点布莎或格瓦斯①，实在没有就来点马奶酒，但赛亚平借口今晚是庆功之夜，无视了鬼贯的要求。

"于是啊，于是，运环自然就显得很可疑了嘛。我一开始把真凶限定在了三个佩特罗夫之中，现在看来那个判断是为时过早了。毕竟运环和娜塔莉亚都一度站到了值得怀疑的立场之上啊。而我之所以没有怀疑她们两人，或许是因为自己的女性解放主义吧，同时也因为我认为那两人的不在场证明非常充分。娜塔莉亚小姐的证明是以非常自然的形式被证实的，至于运环，则更是再自然不过了。"

---

①都是低度或无酒精的碳酸饮料。

"哦，怎么个自然法？"

赛亚平抬手擦掉胡须上的啤酒泡，探身问道。

"事发当晚，也就是九号深夜，安东从佩特罗夫老人的宅邸给哈尔滨自己家中打了个长途电话，告知运环事情的经过，并要她马上赶往大连，而替安东打通运环电话的正是我本人啊。这样的情节发展真是再自然不过了，难道不是吗？要是对方故意给出一堆不在场证明，我姑且还会逐一验证一番，但像那样理所当然的发展，就算是我也会轻易相信。想必安东十分清楚人类的这种心理吧。总之因为那件小事，我就对运环身在哈尔滨这一线索深信不疑了。十一号在夏家河子再次遇到他们，安东向我介绍运环时的语气也像她刚刚才从车站走出来一样，我真是完全蒙在鼓里了啊。"

"原来如此。"

"于是，由于上述的理由，换句话说，我意识到她也有同样的杀人动机，便开始怀疑运环了。有件事你可能还不知道，安东和运环二人九号晚上曾在大连大广场的某张长椅上会合来着——当然，他们在各自离开哈尔滨之前一定也如此进行过数次密谈——当运环向安东报告佩特罗夫氏已死时，不小心被路过附近的巡警看到了。只是，巡警当时只看清了安东，并未能明确指认出运环。而且二人都用非常流畅的俄语交谈，因此警官便认为那名女性也是俄国人，并将这一想法报告给了警署。巡警还证实道，当时安东对女性低喝一声'Ничего[①]'，让其冷静下来。其后我

[①] "没法子，算了，将就吧"之意。

突然对安东提起这件事情，想看他会不会露馅。他当时虽然大吃一惊，但马上发现我一心以为与之交谈的女性是俄国人，便侥幸逃过了我的追问。"

"哦，怎么回事呢？"

"他说那是过去曾经交往过一段时间的女子，其人性情相当恶劣，专门把当时二人的书信找出来试图敲诈钱财。既然他都说到了那份儿上，我也没办法再追问下去了嘛。只是后来转念一想，被勒索的人怎么可能一句'Ничего'就把对方镇住了呢。但若把那名女性看成运环，那一切就合乎情理了。因此我又顺道找来目睹二人交谈的警官仔细一问，这才知道他目击的那名女子只是在说俄语，其人则披着头巾，看不出究竟是不是俄国人。我马上断定，当晚在中医街接到安东电话的必定是运环的替身，且十有八九是她家的女佣。于是我便在多利亚的援助之下，对那女佣展开了色诱战术。多利亚真不愧是局里数一数二的花花公子啊，他趁女佣出门购物时上前搭话，成功把她带到了公园，不到十分钟就成了只差马上去订婚的亲密关系，甚至连对方月薪的数额都打探清楚了。事实果然不出我所料，只是没想到竟是那样的原因让那女佣甘愿替主人保守秘密。据说，运环平日里对那女佣非常好，不过安东好像并非如此。再一打听，女佣说安东七号就离开家了。看来他在新京办事并住了一晚，以及丢失寄存证在车站引起纠纷都是事实。而运环则是八号早晨离开的，当时她对那个女佣说：'我要去找一个好朋友玩，若我不在时安东打电话来，务必请你替我蒙混过去。'因此，那名女佣根本不知道运环去了大连，而是为了不让安东知道运环趁他不在时独自出行，努力为她打掩护。她只是一心一意地为夫人尽忠啊。当安东从佩特罗夫老人家打电话过去时，接电话的其实是那名女佣，她用夫人正在沐浴之类的理由试图欺骗安东。可是安东的真正目的是让我隐隐约约听到那通电话的一些内容，使我误以为他真的在和运环通话。我真想让你也听听当时的那个情形，真是安排得太巧妙了。从某种意义上说，安东简直是骗术大师啊。"

他宽宽的方脸上露出了貌似自嘲的笑容。

"如此这般，我就断定她自称一直待在家中的不在场证明是伪造的。假如多给我一些时间，想必还能查出目击了她乘坐南下列车的乘客，以及她在大连下榻的旅馆吧。但遗憾的是，我并没有这么多时间。因此，我才利用了此前一直让我迷惑不已的安东的不在场证明，对运环发动反击，一举击中了她的软肋。你没发现那天我与他们对质时列举的都是间接证据，而没有直接的物证吗？至于在大石桥的那一番调查，完全是我临时编造的谎言。因此只要找个稍微有点口才的律师，就能把我打得落花流水。为了不让运环有足够的时间去冷静考虑找律师的问题，我故意表现得异常自信。我还记得在夏家河子第一次见到运环时，就透过她冷艳的外表，看出了她犹如意大利女郎一般热情好胜的性格，所以才知道我的计划绝对不会落空。"

"原来是这么一回事啊。"

赛亚平长出一口气，总算把状况弄清楚了。

"可是，你至少也要把安东不是真凶这件事先跟我说一声嘛。"

"再告诉你运环才是真凶吗？那怎么能行。你这个人性格实在太直率了，万一让你知道这事，你肯定会表现在脸上。像运环那样聪慧的女子怎么可能看不出来呢，届时她肯定会轻易地逃脱我的陷阱。不过啊……"

鬼贯伸长双腿，享受着壁炉的温暖。

"我不知道你们俄国人怎么想，但我认为这完全是佩特罗夫老人的顽固酿成的悲剧。为此，我无论如何都无法对安东夫妇产生厌恶之情。在看他们一边忍受着良心的苛责，一边努力享受短暂的家庭幸福时，我甚至忍不住心生怜悯了。"

"唔，我也是同感。当然不是赞同他们犯下的罪，只是对他们不得不接受的罚有些痛心。"

赛亚平用阴郁的声音应和道。

尾　声

　　安东在遭到逮捕一周后，就被从拘留所送到医院，最后死在了那里。他是用拒绝一切水与食物这种罕见的方法自杀的。在他留下的遗书中，要求将自己的家产变卖，并将所得的金钱全数赠予亚历山大和尼古拉两兄弟。

　　亚历山大和娜塔莉亚在年关将至时举办了华烛之典，虽然在俄历中并不存在年关这个概念。

　　尼古拉不顾任何人反对，依旧投身于鸟类研究之中。虽然继承了叔父的巨额财产，他却并未对自己的破茅屋进行任何修缮，依旧过着片瓦遮头便知足的生活。鬼贯在进一步的检查中被诊断为肺尖黏膜炎，不得不离职回到东京进行一年的疗养。但每当在病床上回想起满洲的生活，这位乐天派脑中便会浮现幸福的笑容。

时刻表

　　以下时刻表摘自原日本东亚旅行社"满洲支部"一九四二年七月发行的版本。其中二百四十五页的时刻表上显示，二十二次列车的发车时间为二十二点五十分，在二百四十六页上，同一张时刻表、同一班列车的发车时间则显示为五十五分；如今已无法判明哪一处的记载正确，因此在作品中统一成了二十二点五十五分。

昭和 17.6.15 改訂　　　　　　　　　　　　　　　　　　　　　　　　　新京・奉天

(满铁·连京线)

区间						站名
北京行	四平行	大连行	大连行	釜山行	奉天行	
3 123	123	3	123	123	2 3	
401		86	16	22	2	40	

						树江滨堡惠京京京屯屯屯屯子
…	…	16.26	…	…	14.56	棵
…	…	16.42	…	…	15.17	尔城
…	…	17.05	…	…	15.45	新家
…	…	18.19	…	…	17.37	三滨哈双德新 家家房
…	…	20.49	…	…	21.37	南孟大范陶刘
…	…	22.30		…	23.45	
13.45	19.40	22.40	22.50	23.30	23.55	新 新 榆 主 岭
L	19.50	L	23.05	23.41	0.07	公
L	19.58	L	23.13	23.48	0.14	
L	20.11	L	23.30	0.06	0.34	
L	20.24	L	23.45	0.22	0.53	
19.17	20.39	L	0.01	0.39	1.11	大蔡郭十杨 家家木
L	20.55	L	0.18	0.57	1.31	
19.46	21.08	23.36	0.23	1.13	1.49	
19.47	21.12	23.37	0.37	1.22	1.54	树家店堡林平
L	21.22	L	0.48	1.28	2.06	
L	21.34	L	1.01	1.42	2.21	虹桓双泉满昌马金 牛勾庙 哨子头井图河子
L	21.45	L	1.19	2.00	2.42	
L	22.04	L	1.35	2.16	3.00	
L	22.15	L	1.40	2.30	3.15	
20.34	22.28	0.24	1.58	2.39	3.23	四
20.38		0.28	2.04	2.50	3.35	原
L		L	2.23	3.10	3.55	固
L		L	2.34	3.22	4.07	仲沟 堡
L		L	2.49	3.38	4.23	头
L		L	3.06	3.56	4.42	顶
L		L	3.17	4.08	4.54	堡
L		L	3.31	4.24	5.10	开 岭
L		L	3.45	4.39	5.24	
L		L	3.59	4.54	5.39	中
21.49		1.40	4.11	5.07	5.52	山
21.50		1.41	4.13	5.10	5.54	平
L		L	4.30	5.28	6.12	铁
22.18		2.10	4.44	5.43	6.27	得乱新新唐虎文奉 胜石台城三石官 台山子子家台屯天天屯山桥城连
L		L	4.58	5.58	6.42	
22.22		2.14	5.05	6.10	7.05	
L		L	5.18	6.24	7.19	
L		L	5.32	6.39	7.33	
L		L	5.42	6.51	7.45	
L		L	5.58	7.09	8.03	
L		L	6.14	7.28	8.21	
23.29		3.12	6.25	7.54	8.10	8.51
23.45		3.22	6.55	8.20	…	奉苏鞍汤大岗石
北京17.25		3.38	7.15	8.38	…	家 熊
到		4.44	8.51	9.15	…	岗石
		4.55	釜山10.10 到	…	…	大岳
		5.41	10.21	11.56	…	
…		6.42	11.56	…	…	
…		9.43	16.18	…	…	

奉天・大連

(满铁·连京线)

大连行	鞍山行	大石桥行	大连行	营口行	大石桥行	大连行	大连行							站名
2.3 28	勒因 106	2.3 78	1·3 12	2.3 30	3 102	2.3 2+	2.3 20							
							8.40	...						树 河 江 滨 棵 京 尔 平 天 三 天 滨 奉 哈 新 四 奉
							9.00							
							9.35	...						
		14.10	10.30			14.28	17.12	...						
		15.35	13.17			17.30	19.52							
		17.39	17.25			21.30	23.36							
15.05	15.50	16.35	17.45	17.55	19.30	21.46	23.55	...						浑 河 河 台 河 苏 家 里 子 铺 台 山 山 山 阳 山 山 子
15.09	15.59	16.45	↓	18.05	19.39	21.56	0.05							
15.13	16.00	16.46		18.06	19.40	21.57	0.06	...						
15.18	16.09	16.55		18.15	19.49	22.06	0.15							
15.21	16.11	16.58		18.19	19.53	22.10	0.18	...						
15.32	16.22	17.09		18.31	20.05	22.23	↓							沙 十 烟 张 太 沙 十 烟 张 太
15.42	16.32	17.19		18.42	20.16	22.34	L							
15.51	16.43	17.30		18.53	20.24	22.45	0.48							
16.01	16.54	17.41		19.04	20.36	22.57	↓							
	17.03	17.49				23.04								首 立 辽 鞍 千 岗
18.13	17.11	17.56		19.18	20.44	23.12	1.12							
16.18	17.13	18.01		19.21	20.53	23.15	↓							
16.28	17.25	18.13		19.35	21.05	23.30	↓							
16.38	17.36	18.23		19.47	21.16	23.43	↓							甘 南 海 他 分 大 石 桥
16.45	17.44	18.32	18.50	19.55	21.24	23.52	1.45							
16.47		18.34	18.51	19.59	21.28	23.56	1.46							
17.05		18.54		20.07	21.34	0.04	L							
17.06		19.08		20.19	21.47	0.17	2.06							
				20.20	21.46	0.18	2.06							
17.20		19.32		20.47	22.01	0.35	↓							山 旗 平 岗 树 平 家 里 寺 家 山 家 利 寨 屯 岭 树 家 家
17.31		19.34		20.49	22.12	0.47	2.32							
17.48		19.53		21.05	22.25	1.06	↓							
17.59		20.05		21.19	22.39	1.18	↓							
18.07		20.16	19.37	21.31	22.48	1.27	3.08							
18.13			19.42	21.37		1.33	3.14							太 白 盖 沙 芦 熊 岳 城
18.25			营口到 21.58			1.45	↓							
18.44						2.05	3.47							
18.54						2.18	↓							
19.08						2.31	↓							
19.18						2.42	4.21							梨 九 许 万 松 得 王 瓦 房 店
19.21						2.45	4.24							
19.34						3.00	↓							
19.43						3.10	↓							
20.03						3.31	↓							
20.23						3.66	↓							
20.33						4.05	↓							
20.43						4.19	↓							
20.54						4.29	5.52							
21.00						4.33	5.58							家 店 河 堡 台 兰 里 州 身 岛 岭 田 普 石 三 金
21.18						4.47	6.12							
21.46				21.38		5.20	6.47							
22.13						5.36	7.06							
22.26						5.51	7.18							
22.41						6.08	7.35							
22.47						6.09	7.36							大 盐 南 周 水 子 沙 河 口 连
22.49						6.17	7.44							
23.04						6.33	8.00							
23.13						6.43	8.10							
23.14						6.44	8.11							
23.21						6.52	8.19							
23.27			22.35			7.00	8.25							

昭和17.4.17 改訂　　　　　　　　　　　　　　　　　　大　連・奉　天

自奉天 票価			站 名	列車班次	終到発	万家嶺行 勸四 141	奉天行 73	大石橋行 勳四 139	松樹行 121	瓦房店行 65	大石橋行 133	瓦房店行 63	奉天行 175	新京行 M	新京行 13	四平行 31	奉天行 25	奉天行 勳四 105
1等	2等	3等																
元	元	元																
0.35	0.25	0.10	大連 沙河口		発 到発	… …	… …	5.30 5.39 5.47	6.40 6.48 6.54	… … …	9.00 9.08 9.16	… … …	9.30 … …	10.00 10.07 …	… … …	10.30 … 10.46
0.65	0.45	0.20	周水子		〃			5.48	6.55		9.17		L	L		10.50
1.10	0.70	0.35	南関嶺		〃			5.58	7.04		9.26		L	L		10.56
1.65	1.05	0.55	盬島		〃				7.13		L		L	L		L
1.80	1.20	0.60	大房身		〃			6.13	7.20		9.42		L	10.30		11.11
2.20	1.45	0.75	金州		到発			6.18 6.19	7.26 7.28		9.48 10.05		L 10.30	L L		11.12 11.18
3.05	2.00	1.03	二十里堡		〃			6.38	7.47		10.24		L	L		11.39
3.70	2.40	1.25	三十里堡		〃			6.52	8.03		10.38		L	L		11.53
4.35	2.85	1.50	石河		〃			7.07	8.17		11.07		L	L		L
5.00	3.30	1.70	普蘭店		〃			7.20	8.30		11.20		11.10	L		12.20
5.80	3.65	2.05	田家		〃			7.40	8.49		11.30		L	L		L
6.90	4.50	2.35	瓦房店		到発			7.55	9.04		11.54		L 11.37	L L		12.37 12.58
7.40	4.85	2.50	王家		〃	5.25		6.08	7.51	…	9.13	…	11.39			12.58
8.10	5.30	2.75	得利寺		〃	5.32		6.19	8.08		9.24		L			13.11
8.50	5.55	2.90	松樹		〃	5.55		6.33	8.21		L		L			13.21
9.45	6.20	3.20	万家嶺		〃	6.08		6.44	8.30		9.49		L			13.31
10.60	6.90	3.55	許家屯		〃	6.39		7.07	大	9.00	10.12		L			13.51
11.00	7.20	3.70	九寨		〃			7.23	石	7.34	10.23		L			L
11.35	7.45	3.85	梨山		〃			7.42	橋	7.42	10.39		L			14.16
11.65	7.65	3.95	熊岳城		到発			7.48	行	7.48	10.53		12.39			14.25
12.25	8.05	4.15	盧家		〃	奉天行		7.51	勳四	10.56	11.09		12.40			14.40
12.85	8.45	4.35	沙崗		〃	31		8.04	147	8.17	11.09		L			14.52
13.50	8.85	4.60	蓋平		〃	101		8.17		8.20	11.22		L	菅口発		15.04
14.15	9.25	4.80	白旗		〃			8.30		7.20	11.35		L	13.29		L
14.65	9.65	5.00	太平山		〃			8.41		7.31	11.45		L			15.24
15.30	10.05	5.20	大石橋		到発	6.30	9.05	8.53		7.43 9.05	12.00 12.29		L 12.20		13.25 13.35	15.35 15.42
15.80	10.40	5.40	水源		〃	6.41	9.26					7.15	11.20	12.25	13.34	13.48	15.42
16.90	11.15	5.65	他山		〃	6.52	9.37					7.29	11.31	L	13.59	13.59	15.53
17.85	11.65	6.00	海城		〃	7.08	9.55					7.43	11.47	L	L	14.16	16.04
18.40	12.00	6.20	南台		〃	7.19	10.06					8.05	12.00	L	14.02	14.28	16.17
18.70	12.20	6.30	甘泉		〃	7.27	10.14					8.19	12.12	L	L	14.36	L
19.10	12.55	6.40	湯崗子		〃	7.35	10.22					奉天行	6.35	12.20	12.27	L	14.21	14.47	16.47
19.75	12.90	6.65	千山		到発	7.38 7.47	10.23 10.34					103	8.37	12.28	L	14.21	14.56	16.54
20.00	13.10	6.75	鞍山		到発	7.54	10.41						9.00	12.46	13.11	14.35	15.14	17.06
20.30	13.30	6.85	立山		〃	7.56	10.42						9.03	12.48	13.12	14.36	15.18	17.16	18.15
20.85	13.65	7.05	首山		〃	8.04	10.50						9.13	12.56	L	L	14.44	15.26	17.25	18.25
21.50	14.10	7.25	遼陽		到発	8.14	11.01						9.25	13.09	L	L	14.57	15.37	17.37	18.37
21.85	14.35	7.40	太子河		〃	8.19	11.13						12.50	9.37	13.19		14.58	15.49	17.40	18.46
22.90	14.60	7.55	張台		〃	8.38	11.16					12.52	9.42	13.38	L	L	15.59	L	18.55
23.40	15.25	7.85	煙台		〃	8.47	11.31					13.01	9.52	13.52	L	L	16.01	17.57	19.05
23.90	15.60	8.00	烟台河		〃	8.58	11.43					13.10	L	13.59	L	L	17.18	18.05	19.17
24.45	15.95	8.20	沙河		〃	9.08	11.53					13.31	10.09	14.09	L	L	17.23	18.14	L
25.00	16.30	8.40	蘇家屯		到発	9.19	12.04					13.41	10.24	14.24	L	L	14.24	L	18.24	19.29
25.40	16.60	8.50	渾河		到発	9.29	12.15					13.52	10.32	14.33	L	15.37	16.50	18.34	19.39
25.95	16.95	8.70	奉天		発到	9.35 9.44	12.17 12.26					14.08 14.17	10.42 10.50	14.37 14.46	L L	16.59 17.01	16.50 17.03	18.37 18.44	19.35 19.50
25.95	16.95	8.70	奉天		発	9.48 9.55	12.17 12.37					14.28	11.13	14.57	14.58	17.17	18.44	19.50
25.95	16.95	8.70	四平		到								11.25	14.23	16.02	17.26		
38.20	24.95	12.85	新京		〃								15.51	16.31	18.37	22.02		
42.80	28.60	15.25	四平京浜江		〃								19.70	17.59	20.15			
50.55	35.75	20.50	哈爾浜		〃													
60.70	39.80	20.50	三棵樹		〃													
60.75	39.95	20.60																

区　间　　　　　　　　　　　　　　　　　　　　　　　　　　　　（满铁 · 连京线）

瓦房店行	新京行	急行 三棵树行	奉天行	大石桥行	瓦房店行	急行 三棵树行	三棵树行	新京行										站名
		123				123	23	23										
23	23 33	123 17	3 77	23 67	3 69	123 15	23 19	23 23										
.00	…	16.50	…	17.00	18.30	19.40	21.30	22.30	…	…	…	…	…	…	…	…	…	大连
.09	…	16.58	…	17.09	18.38	19.33	21.40	22.40	…	…	…	…	…	…	…	…	…	沙河口
.17	…	17.05	…	17.18	18.46	19.55	21.49	22.49	…	…	…	…	…	…	…	…	…	周水子
.18	…	17.05	…	17.19	18.47	19.56	21.50	22.50	…	…	…	…	…	…	…	…	…	
.28	…	㇗	…	17.29	18.56	㇗	22.01	23.01	…	…	…	…	…	…	…	…	…	南关岭
.38	…	㇗	…	17.39	㇗	㇗	㇗	㇗	…	…	…	…	…	…	…	…	…	盐岛
.45	…	㇗	…	17.47	19.11	㇗	22.19	23.19	…	…	…	…	…	…	…	…	…	大房身
.52	…	17.26	…	17.55	19.17	20.08	22.27	23.27	…	…	…	…	…	…	…	…	…	金州
.53	…	17.27	…	17.57	19.13	20.09	22.28	23.28	…	…	…	…	…	…	…	…	…	
.12	…	㇗	…	18.20	19.38	㇗	22.52	23.52	…	…	…	…	…	…	…	…	…	二十里台
.28	…	㇗	…	18.37	19.52	㇗	23.09	0.09	…	…	…	…	…	…	…	…	…	三十里堡
.43	…	㇗	…	18.53	20.06	㇗	23.26	0.26	…	…	…	…	…	…	…	…	…	石河
.56	…	18.09	…	19.08	20.19	21.10	23.42	0.42	…	…	…	…	…	…	…	…	…	普兰店
.16	…	㇗	…	19.32	20.38	㇗	0.07	1.07	…	…	…	…	…	…	…	…	…	田家
.31	…	18.35	…	19.50	20.53	21.33	0.25	1.25	…	…	…	…	…	…	…	…	…	瓦房店
…	…	18.38	…	19.55	…	21.36	0.30	1.30	…	…	…	…	…	…	…	…	…	
…	…	㇗	…	20.07	…	㇗	㇗	1.42	…	…	…	…	…	…	…	…	…	王家
…	…	急行	…	20.23	…	急行	㇗	1.58	…	…	…	…	…	…	…	…	…	得利寺
…	…	㇗	…	20.35	…	㇗	1.07	2.10	…	…	…	…	…	…	…	…	…	松树
…	…	㇗	…	21.02	…	㇗	1.34	2.33	…	…	…	…	…	…	…	…	…	万家岭
…	…	㇗	…	21.20	…	㇗	㇗	2.56	…	…	…	…	…	…	…	…	…	许家屯
…	…	㇗	…	21.32	…	㇗	㇗	3.08	…	…	…	…	…	…	…	…	…	九寨
…	…	㇗	…	㇗	…	㇗	㇗	㇗	…	…	…	…	…	…	…	…	…	梨山
…	…	19.40	…	21.45	…	22.50	2.14	3.21	…	…	…	…	…	…	…	…	…	熊岳城
…	…	19.41	…	21.48	…	22.57	2.17	3.24	…	…	…	…	…	…	…	…	…	
…	…	㇗	…	22.02	…	㇗	㇗	3.38	…	…	…	…	…	…	…	…	…	卢家屯
…	…	㇗	…	22.17	…	㇗	㇗	3.53	…	…	…	…	…	…	…	…	…	沙岗
…	…	20.08	…	22.32	…	㇗	2.58	4.08	…	…	…	…	…	…	…	…	…	盖平
…	…	㇗	…	22.56	…	㇗	㇗	㇗	…	…	…	…	…	…	…	…	…	白旗
…	…	㇗	…	㇗	…	㇗	㇗	4.33	…	…	…	…	…	…	…	…	…	太平山
…	…	20.33	…	23.10	…	23.50	3.36	4.47	…	…	…	…	…	…	…	…	…	大石桥
…	19.30	20.38	17.50	…	…	23.55	3.44	4.55	…	…	…	…	…	…	…	…	…	
…	19.45	㇗	18.01	…	…	㇗	㇗	5.09	…	…	…	…	…	…	…	…	…	分水
…	19.50	㇗	18.12	…	…	㇗	㇗	5.23	…	…	…	…	…	…	…	…	…	他山
…	20.23	21.09	18.29	…	…	0.30	4.29	5.45	…	…	…	…	…	…	…	…	…	海城
…	20.38	㇗	18.41	…	…	㇗	㇗	5.59	…	…	…	…	…	…	…	…	…	南台
…	㇗	㇗	㇗	…	…	㇗	㇗	㇗	…	…	…	…	…	…	…	…	…	甘泉铺
…	20.57	21.28	18.55	…	…	0.54	㇗	6.17	…	…	…	…	…	…	…	…	…	汤岗子
…	20.58	21.29	18.56	…	…	0.55	㇗	6.18	…	…	…	…	…	…	…	…	…	
…	21.14	㇗	19.07	…	…	㇗	㇗	6.32	…	…	…	…	…	…	…	…	…	千山
…	21.23	21.43	19.14	…	…	1.11	5.21	6.41	…	…	…	…	…	…	…	…	…	鞍山
…	21.25	21.44	19.16	…	…	1.12	5.23	6.43	…	…	…	…	…	…	…	…	…	
…	21.34	㇗	19.24	…	…	㇗	㇗	6.53	…	…	…	…	…	…	…	…	…	立山
…	21.45	㇗	19.35	…	…	㇗	㇗	7.05	…	…	…	…	…	…	…	…	…	首山
…	21.57	22.09	19.47	…	…	1.36	5.53	7.18	…	…	…	…	…	…	…	…	…	辽阳
…	22.15	22.10	19.50	…	…	1.37	6.00	7.23	…	…	…	…	…	…	…	…	…	
…	㇗	㇗	㇗	…	…	㇗	㇗	㇗	…	…	…	…	…	…	…	…	…	太子河
…	22.30	㇗	20.05	…	…	㇗	6.16	7.39	…	…	…	…	…	…	…	…	…	张台子
…	22.41	㇗	20.15	…	…	㇗	6.29	7.52	…	…	…	…	…	…	…	…	…	烟台
…	22.51	㇗	20.26	…	…	㇗	6.40	8.03	…	…	…	…	…	…	…	…	…	十里河
…	23.02	㇗	20.37	…	…	㇗	6.52	8.17	…	…	…	…	…	…	…	…	…	沙河
…	23.13	22.50	20.48	…	…	2.16	7.04	8.25	…	…	…	…	…	…	…	…	…	苏家屯
…	23.17	22.54	20.50	…	…	2.20	7.08	8.31	…	…	…	…	…	…	…	…	…	
…	23.27	㇗	20.59	…	…	㇗	7.18	8.41	…	…	…	…	…	…	…	…	…	浑河
…	23.28	㇗	21.00	…	…	㇗	7.19	8.42	…	…	…	…	…	…	…	…	…	
…	23.40	23.14	21.19	…	…	2.40	7.25	8.52	…	…	…	…	…	…	…	…	…	奉天
…	23.35	23.23	…	…	…	2.50	7.41	9.04	…	…	…	…	…	…	…	…	…	奉天
…	5.05	2.05	…	…	…	5.54	11.38	13.33	…	…	…	…	…	…	…	…	…	四平
…	8.40	3.58	…	…	…	7.55	14.53	16.40	…	…	…	…	…	…	…	…	…	新京
…	…	9.30	…	…	…	13.34	21.30		…	…	…	…	…	…	…	…	…	哈尔滨
…	…	9.58	…	…	…	13.48	22.00	…	…	…	…	…	…	…	…	…	…	滨江
…	…	10.10	…	…	…	14.00	22.12	…	…	…	…	…	…	…	…	…	…	三棵树

昭和16.11.15 改訂　　新京・哈爾濱区間　　（国線・京浜線）

昭和 17.4.1 改訂　　大連・旅順区間　　（満鉄・旅順線）

旅　順　行

票価	站名	列車終到班次	2・3 601	2・3 603	2・3 605	2・3 607	2・3 609	2・3 611	2・3 613	2・3 615				
元 3等 元														
.25 0.10	大連	発	7.30	9.40	12.70	14.05	16.08	17.10	20.20	22.55	…	…	…	…
.45 0.20	沙河口	〃	7.38	9.48	12.18	14.13	16.17	17.19	20.28	23.03	…	…	…	…
.75 0.40	周水子 到発		7.46	9.56	12.26	14.21	16.26	17.28	20.36	23.11				
.95 0.50	革鎮堡	〃	7.47	9.57	12.27	14.23	16.28	17.29	20.38	23.16				
.20 0.60	夏家河子	〃	7.56	10.07	L	14.32	16.41	17.40	L	L				
.40 0.73	牧城子	〃	8.04	16.14	12.41	14.38	16.49	17.51	20.52	23.30				
.75 6.93	営城子	〃	8.13	10.23	L	L	16.50	18.01	L	L				
.10 1.08	長嶺子	〃	8.20	10.30	12.54	17.07	17.09	18.29	21.10	23.43				
.40 1.25	龍頭	〃	8.33	10.43	17.07	15.04	17.21	18.23	21	23.56				
.46 1.25	水師営	〃	8.44	10.54	13.18	15.15	17.33	18.35	21.34	0.07				
.55 1.35	旅順	到	8.53	11.03	L	L	17.43	18.45	L	L				
			8.59	11.09	13.30	15.27	17.50	18.52	21.45	0.19				

大　連　行

票価	站名	列車終到班次	2・3 602	2・3 604	2・3 606	2・3 608	2・3 610	2・3 612	2・3 614	2・3 616				
元 3等 元														
.25 0.15	旅順	発	6.05	8.25	9.50	11.45	14.30	16.45	19.30	20.30	…	…	…	…
.55 0.30	水師営	〃	6.14	L	L	L	14.38	16.53	L	L	…	…	…	…
.85 0.45	龍頭	〃	6.26	8.45	10.06	12.01	14.49	17.04	19.46	20.46				
.25 0.65	長嶺子	〃	6.39	8.57	10.18	12.13	15.08	17.23	L	20.58				
.45 0.73	営城子	〃	6.52	9.08	10.32	12.24	15.17	17.34	19.58	21.09				
.70 0.83	牧城子	〃	7.00	L	L	15.24	17.41	20.09	L					
.85 0.98	夏家河子	〃	7.18	9.20	10.44	12.42	16.32	17.49	20.27	21.21				
.15 1.15	革鎮堡	〃	7.23	9.34	10.58	12.56	15.49	17.56	L	L				
	周水子 到発		7.30	9.34	10.58	12.56	15.49	18.02	20.35	21.35				
.40 1.25	沙河口	〃	7.31	9.36	10.59	12.58	15.50	18.12	20.36	21.36				
.55 1.35	大連	到	7.39	9.44	11.07	13.06	15.58	18.20	20.44	21.44				
			7.45	9.50	11.13	13.12	16.04	18.26	20.59	21.50				

佩特罗夫事件

文 / 鲇川哲也

直到现在，好像还有人认为我的小说是对克劳夫兹的模仿。我虽不否定克劳夫兹对本人的深刻影响，但被称作模仿却多少感到有些窝囊。照这个说法，写出《红色密室》的我同时还是卡尔的效仿者啊。

早在二战之前，日本就已翻译出版了数本克劳夫兹的作品。我依稀记得，最先出来的应该是《谜桶》，此外还有《庞森事件》《斯特维尔惨案》等作品。甲贺三郎氏还翻译了《英吉利海峡之谜》，但我并未阅读。因为当时的我对时称"正统派"的名侦探解谜小说情有独钟，克劳夫兹则是我不喜欢的作者之一。就连森下雨村氏翻译的《谜桶》读来也是一片混乱，使我完全无法理解那些作品为何会获得如此好评。

彼时我罹患胸膜炎不得不在家养病，无聊之余便再次拿起手边的《庞森事件》仔细阅读。故事中的嫌疑人提出了自己当时正在北英格兰观看马匹的不在场证明，为了更好地理解这一情节，我试着自己画了一张列车时刻表。蒙特罗斯方向的列车是几点几分从国王十字站出发的，邓迪方向的列车又是几点几分出发的，到达格兰瑟姆车站是几点几分……如此这般。因为仔细阅读了一番，我对《庞森事件》的读后感极为满意。于是趁着那个势头，又开始阅读《谜桶》，一边做笔记一边读下来，终于体会到了伪证作品的有趣之处，很快就成了这一类型作品的忠实读者。战后我又重读了企鹅版的《斯特维尔惨案》，却依旧无法理解该作受到盛赞的理由，大概是因为这一作品并不属于伪证类吧。

在成为伪证小说的忠实读者后，某日，当我百无聊赖地躺在自家地板上端详满铁时刻表时，突然发现了可以用来制造伪证的列车班次，因为这一发现，我兴奋得发起了高烧，足足两天卧床不起。一受刺激就爱发烧，这似乎是我天生的体质，记得前几年在电视上看到以民间乐器匠人为题材拍摄的电影后，也被片中人物的矫揉造作刺激得浑身不适，突然发高烧倒下了。那反应速度连我自己都感到佩服不已。

言归正传，这次的《佩特罗夫事件》就是在上述发现的基础上写出来的，那还是昭和十八年的事情，算算已经过了十九个年头。细心的读者可能会发现，该书标题与《庞森事件》同样以 P 开头，也同样由四个片假名和两个汉字组成[①]，没错，我就是想借此暗示《庞森事件》从中起到的触发作用。

可惜的是，当时的原稿因为日本战败后的混乱时局而丢失了，其后，我又凭借记忆重新写了一遍，并将其交由岩谷书店发行的

[①] 两作的日文标题分别为《ポンスン事件（庞森事件）》和《ペトロフ事件（佩特罗夫事件）》。

推理小说杂志《宝石》进行发表。当时的插画是由推理界著名的插画家松野一夫创作的，作为一介无名新人，能承蒙松野先生为拙作绘制插画，我无疑是感激涕零的。虽然其后本人因为这部长篇与《宝石》决裂①，也因此大幅延迟了出道成为推理作家的脚步，但当时毕竟从未预想过这种事情的发生。

虽说《佩特罗夫事件》有幸承蒙读者厚爱，本人却认为该作从各种意义上说都过于稚拙，只能将其作为习作看待。每当有读者对我说他读过《佩特罗夫事件》，我这个作者都忍不住要羞得面红耳赤。故这次将其编入拙作全集时，特意修改了几个最不如意的部分。不过，幼稚的文笔本身也算是《佩特罗夫事件》的特色之一，因此并未做出过多修改，尽量让它以原貌示人。这在我来说，着实是羞愧难当。

如今，我已经在这海边的住所居住了将近十五年，却从未想过要下海游泳。因为每逢海水浴的时节，周围都会喧嚣不已，让人难以平静。因此每年八月二十日左右的礼拜日一过，前来度假的人群骤然减少时，我都会感到长出一口气。与此相反，本人在少年时代却是每逢夏日几乎天天都要下海畅游一番。当时我最喜欢大连星浦一带的海滩，但乘坐列车一路晃到夏家河子的沙滩上，也别有一番趣味。后来本人性情大变，不再喜欢人多的地方，而会独自一人跑到偏远的海滩上，一言不发地或是游上一整天，或

---

① 鲇川哲也一九五〇年以《佩特罗夫事件》一文参加《宝石》杂志的长篇小说百万元大奖赛，以第一名的资格入选。但是，由于只兑现了部分奖金，引起了他的强烈不满，从此与《宝石》杂志关系恶化，他的作品也被这个当时最大的侦探小说专门杂志封杀，作者本人也不得不沉寂了一段时间。

是趴在沙滩上发呆。对了，我还想起来，不知何时还遇到过一名俄罗斯少妇，带着一个孱弱的男孩子在沙滩上散步。我们虽然素不相识，但在那么一个渺无人烟的沙滩上碰到，自然也是会平添某种亲切感的，于是我便开始和那体态娇小的俄罗斯少妇用英语交谈。记得当时那位年轻的母亲告诉我："这孩子丧失了听力。"而那男孩子则一直默默地眺望着远处的海面。屈指一算，那已经是三十五年前的事情了。

如今本人虽然变成了讨厌外出的男人，但那时却是每逢周日都要到夏家河子跑一趟。即使在海水浴的旺季结束后，我也会时不时地跑到那里去，漫无目的地逛上一整天。甚至在数九寒冬，我也会跳上列车跑到那里去，这对现在这个怕冷的我来说，着实算是不可思议的回忆了。时隔二十余年，为了稍做修订，我又重新读了一遍《佩特罗夫事件》，因此还想起了两三个已经被我遗忘的细节。比如列车在靠近夏家河子站时，首先映入眼帘的是山顶上的白色建筑，在此之前我已经完全遗忘了这个细节。那座房子的主人似乎住在北满，避暑季节一过，家中就会空无一人。我还曾经爬到那座丘陵顶上，绕着空荡荡的白色建筑来来回回转了好几圈。

说到哈尔滨，那也是我最喜欢的城市之一。记得当时听说哈尔滨要上演歌剧《卡门》，我还特意坐超特急列车"亚洲号"去听呢。还记得某次松花江涨水，把太阳岛给淹了。我乘着小船顺着太阳岛的道路行进，还看到一个大红色的邮箱突兀地竖立在水面上。我曾经买过一本已然忘记作者姓名的长篇译著《多瑙河早春》①，作者以浪漫的笔触描绘了多瑙河泛滥的情景，每每读到这里，我都会想起被大水淹没的太阳岛。

在数九寒冬之时，我也登上过太阳岛。那时松花江已经结冰，我是坐雪橇过去的，在那被大雪覆盖，人烟稀少的避暑胜地上，我遇到了从地上的洞穴中艰难取水的俄罗斯姑娘。

除此之外，我还曾在一名俄罗斯少年的带领下，到一家名叫"Cantilène"的乐器店买过唱片。当时买下的是一张题为《Стенька Разин》②的民谣唱片，我对作品本身并不感兴趣，也很少会放出来听，只是单纯地喜欢封面上印刷的那行俄文而已。说到"Cantilène"，渡边启助的长篇《鲜血洋灯》中也提到过这个店名。

刚才我也提到，《佩特罗夫事件》的原稿在战前曾经一度丢失，与之同时丢失的，是昭和十八年的满铁时刻表，且时刻表并非单凭记忆便可复原之物，因此让我颇伤脑筋，最后不得不借用《周刊新潮》的版面向读者求助，所幸得到住在目白区的一位读者热心帮助，把他的时刻表借了过来。怎知那张时刻表并不是昭和十八年发行的，无法根据上面的列车时刻设计诡计。故作中使用的是以这份时刻表为参考，本人稍作加工编成的架空时刻表。后来决定对《佩特罗夫事件》进行修改时，我又想借此机会找出真正的时刻表，将其作为插图编入书中，便联系到《旅行》编辑部和《时刻表》的总编，经其介绍找到了交通博物馆的松泽资料

---

①原作者是佛伦茨·莫尔纳，匈牙利剧作家、小说家。日文版译者为铃木善太郎，译著于一九三八年由野田书房出版。
②《交响诗》之意。

科长，承蒙科长好意，让我得以查阅馆中收藏的战前时刻表。翻开昭和十八年的时刻表总集，我再次与三十五年前让还是青年的我激动得发高烧的那堆细小数字重逢了。

遗憾的是，满洲、朝鲜、台湾以及中国北部等海外部门的时刻表只作为附录在卷末一带而过，理所当然地，有过半支线被省略掉了。关键的旅顺线上只记载了大连和旅顺两个车站，中间的小站全部被省略，因此根本派不上任何用场。当时在满洲发行了由同一家交通公社编辑，以当地列车的运行状况为中心的详细时刻表，我需要的正是昭和十八年发行的那一版本的时刻表。如此这般，虽然机会难得，我却没能完成自己的心愿，只能草草打道回府了。

作中的主人公鬼贯警部并不存在现实的参考人物，当时虽然对东京警视厅派遣到哈尔滨警察署的某位著名警部有所耳闻，但我从未对这一消息进行过证实，也着实没有证实的必要。唯一可以肯定的是，本人执笔该作时脑中确实存在着这么一个念头。另外，我还听说过当时居住于哈尔滨的红俄人与白俄人之间发生了冲突，警方经过口头调停依旧无法平息他们之间的纷争，就在此时，一名恼怒的满洲警官愤然拉出水管向人群喷水，这才终于让他们一哄而散。毕竟当时是零下三四十度的严冬，闹事人群会作鸟兽散也情有可原。至于我，则想尽量在作品中体现出国际化大都市的这么一个侧面。

一九七五年七月
立风书房《鲇川哲也长篇推理小说全集 第一卷》

后　记

文／鲇川哲也

在二战的空袭中被烧毁的《佩特罗夫事件》初稿，是以事件发生当时的满铁时刻表为基础进行创作的。本人在创作时为了让读者更好地理解故事情节，还特地剪裁了几页时刻表贴在稿纸上。后来，听闻推理杂志《宝石》正在招募长篇作品，我便凭着自己的记忆把《佩特罗夫事件》重写了一遍，只是这回夹在原稿中的时刻表是本人自己编造的。本人一直打算抽空找到真正的时刻表，在此基础上把稿子重新修改一遍，再附上正确的时刻表出版。

居住在釜山的李应络先生得知这一消息，特地给我寄来了当时的时刻表，我将其摆在桌子上，如同对待精致的艺术品一般翻看。只是将其剪下来贴在原稿上实在过于失礼，便在拜读过后物归原主了。

之后又过了十年左右，我面前出现了一个名叫山前让的青年，这名青年对旧书十分在行，三下五除二地就给我弄到了正确的时刻表以及哈尔滨、大连的市政图，亦即本书中所附的两市地图。想必此书的过半读者都对这些都市知之甚少，因此一边参照地图一边阅读定能添加更多趣味。

大连曾走出了许多诗人和普通小说作家，同时也孕育了不少推理作家。考虑到读者们可能会好奇，他们都住在这个小城市的哪个角落呢，故本人向各位推理作家打听到了他们住所的大概位置。记录如下：

从战前到战后一直坚持科学侦探小说创作的南泽十七，少年时代随父亲进入满洲，住在当时的露西亚町（参照卷头地图，北公园附近），在朝日小学念书。

大庭武年以D警察署的著名警部为主人公创作了一个本格短篇。据说他家就是大连警察署（大广场警察署）后面那栋二层小楼，这是岛田一男告诉我的。至于大庭，我将在《寻访传说中的侦探作家》第二卷中有所提及。

以冒险推理作品为主业的山口海旋风曾任《满洲日版》社会版的部长，供职于同一报社的记者岛田一田就是由他带入侦探小说界的。山口当时居住在南山麓的员工宿舍中，岛田则住在另一栋单身宿舍里。

加纳一朗住在西公园町，就读于春日小学。穿过电车大道就是中央公园，那里对他来说跟自家的后花园差不多。

完全在大连出生长大的应该只有石泽英太郎吧。他在吉野町出生，在朝日广场玩耍，后来移居圣德街，最后在西公园町迎来了战争的结束。

"咦，石泽先生也在西公园町？那搞不好我们还碰到过呢。"

　　加纳一朗如是说。

　　另外，在成为流行歌手前，东海林太郎居住在千岁町。他家就在那排石墙上面。他邻居家曾经跑进去一个马贼，被主人一枪打死了。我之所以知道这些，是因为我本人也住在那里。

一九八七年六月

青树社版

PETROV JIKEN
by AYUKAWA TATSUYA
Copyright © 2002 FURUYA HIROSHI
Simplified Chinese edition arranged with SHIMAZAKI International Copyright Agency.

图书在版编目（CIP）数据

佩特罗夫事件／（日）鲇川哲也著；吕灵芝译.—北京：新星出版社，2016.9
ISBN 978-7-5133-2309-3

Ⅰ.①佩… Ⅱ.①鲇… ②吕… Ⅲ.①长篇小说－日本－现代 Ⅳ.① I313.45

中国版本图书馆 CIP 数据核字（2016）第 198340 号

午夜文库
谢刚 主持

佩特罗夫事件

（日）鲇川哲也 著；吕灵芝 译

责任编辑：王　怡
特约编辑：王　萌
责任印制：李珊珊
装帧设计：@hakuna 陆壹

出版发行：新星出版社
出 版 人：谢　刚
社　　址：北京市西城区车公庄大街丙3号楼　　100044
网　　址：www.newstarpress.com
电　　话：010-88310888
传　　真：010-65270449
法律顾问：北京市大成律师事务所

读者服务：010-88310811　　service@newstarpress.com
邮购地址：北京市西城区车公庄大街丙3号楼　　100044

印　　刷：北京京都六环印刷厂
开　　本：910mm×1230mm　　1/32
印　　张：8.25
字　　数：100千字
版　　次：2016年9月第一版　2016年9月第一次印刷
书　　号：ISBN 978-7-5133-2309-3
定　　价：36.00元

版权专有，侵权必究；如有质量问题，请与印刷厂联系调换。